AF185100

Das Buch

Arthur Schönhuber ist hauptberuflich Unternehmensberater und arbeitet nebenberuflich als Gastprofessor an einer neugegründeten Privathochschule in einer Kleinstadt im Herzen Schwabens. Seine Hoffnung, an dieser Hochschule wissenschaftlich tätig sein zu können, wird durch eine Kette grotesker Ereignisse zerstört. Hinter der Fassade einer sich als eliteträchtig und international anspruchsvoll inszenierender Bildungsstätte verbergen sich Machenschaften der Geschäftsleitung, die die Geschehnisse an dieser Einrichtung als böse Farce erscheinen lassen. Für Außenstehende mögen diese Vorfälle als schlechter Witz erscheinen, für den pflichteifrigen Schönhuber jedoch sind sie eine persönliche Tragödie, die ihn zu einer drastischen Entscheidung zwingen.

Autor

Udo Staber wurde 1953 in Ulm geboren. Er studierte in Kanada und den USA Soziologie, Psychologie und Organisationswissenschaften, promovierte an der Cornell University, New York, und war Professor an Universitäten in den USA, Kanada, Deutschland und Neuseeland. Er ist Autor zahlreicher Fachbücher und wissenschaftlicher Zeitschriftenartikel.

Mehr über den Autor: www.udostaber.com

UDO STABER

Die Spätzlesuni

Novelle

Druck und Distribution im Auftrag des Autors:
tredition GmbH, Heinz-Beusen-Stieg 5, 22926 Ahrensburg,
Germany

ISBN
Paperback   978-3-347-04484-5
Hardcover   978-3-347-04485-2
e-Book   978-3-347-04486-9

Die Kultur muss alles aufbieten, um den Aggressionstrieben der Menschen Schranken zu setzen.

- Sigmund Freud, *Das Unbehagen in der Kultur*, 1930

As Arthur aus dem Bad kam, fand er auf dem Anrufbeantworter eine Nachricht von Andrea, der Sekretärin des neuen Geschäftsführers. Er solle heute um elf Uhr zwanzig zu einem Gespräch mit Professor Assmann in dessen Büro kommen. Den Grund für dieses Gespräch nannte sie nicht, und wie lange das Gespräch dauern würde, sagte sie auch nicht. Arthur merkte, dass er angespannt war, als er die Nachricht abhörte. Es war der Ton in Andreas Stimme, was ihn nervös machte. Kühl und nüchtern, das war nicht ihre Art. Sie war sonst immer positiv gestimmt, und sie hatte für jeden im Haus ein Lächeln übrig. Er glaubte, auch eine gewisse Überreizung in ihrer Stimme wahrzunehmen. Sie habe ihn zu Hause angerufen, sagte sie, weil sie ihn um neun Uhr »immer noch nicht« im Büro angetroffen habe. »Immer noch nicht«, das klang wie ein Vorwurf. Und er solle pünktlich sein, hatte sie am Ende ihrer Nachricht noch hinzugefügt, nachdem sie bereits den Abschiedsgruß gesagt hatte. »Und kommen Sie nicht zu spät. Professor Assmann hat gleich nach Ihnen einen weiteren Termin.«

Arthur überlegte, was der Grund sein könnte, warum Assmann ihn sprechen wolle. Vielleicht will er jeden der Professoren einzeln treffen, um sich bei ihnen persönlich vorzustellen. Das sollte man eigentlich von einem Geschäftsführer erwarten, der erst vor wenigen Tagen seine

Stelle angetreten hat. Doch dann hätte seine Sekretärin die Einladung etwas freundlicher formuliert, oder er selbst hätte die Einladung ausgesprochen. Dass Assmann ihn so kurzfristig und ohne jede Vorwarnung zu einem Gespräch bestellte und auch noch auf bedingungslose Pünktlichkeit bestand, kam ihm nicht gerade erbaulich vor. War das eine Vorladung zu einem Gespräch, in dem Assmann es nur darum gehen wird, ihn die Macht seiner Stellung als Geschäftsführer spüren zu lassen? Arthur kannte diese Art der Selbstdarstellung von nicht wenigen seiner Klienten, Leute, denen es ganz offensichtlich Vergnügen bereitete, ihn zu einem Gespräch zu den unmöglichsten Zeiten antanzen zu lassen, um sich dann von ihm eine Lobeshymne auf ihre unbestreitbar weitreichenden Führungsqualitäten als Geschäftsleiter anzuhören. Arthur konnte solche arroganten, selbstverliebten Typen nicht ausstehen.

Je mehr er darüber nachdachte, desto wahrscheinlicher schien es ihm, dass Assmann Vergeltung üben wird, wegen einer Sache, die Arthur sich selbst zu verdanken hatte, seiner Unfähigkeit, sich in seiner Wut zu zügeln, damals in seiner ersten Begegnung mit Assmann, als er von ihm wie ein Jungrekrut in der Armee behandelt wurde. Es war ein regelrechtes Verhör gewesen, was Assmann ihm aufgedrückt hatte, und er hatte keine Lust, von ihm jetzt noch einmal vernommen zu werden. Sein Unbehagen nahm um ein paar Grade weiter zu, als er Andreas Nachricht auf dem Anrufbeantworter ein zweites Mal abhörte. »Herr Professor Assmann will Sie sehen,

Punkt elf Uhr zwanzig.« Er war so angewidert von der Aussicht, sich die Demütigung, die er bei seinem ersten Zusammentreffen mit Assmann erfahren hatte, ein weiteres Mal über sich ergehen lassen zu müssen, dass er mit der Faust auf den Anrufbeantworter schlug.

Er hatte mit Assmann gegen Ende des vergangenen Semesters, im Rahmen eines Empfangs nach dessen Gastvortrag, ein kurzes Gespräch geführt. Schon im zweiten Satz hatte Assmann ihm eine Frage gestellt, mit der er zuerst nichts anzufangen wusste: »Haben Sie gedient?« Er musste Assmann völlig entgeistert angesehen haben, weil dieser die Frage wiederholte und nach Arthurs Schweigen dann noch entschlossener nachhakte, »Sie haben doch gedient, oder?«, bis es ihm in den Kopf schoss, dass Assmann ihn nach seiner Dienstzeit bei der Bundeswehr fragte.

Diese Frage war ihm noch nie von einer ihm völlig fremden Person gestellt worden, und schon gar nicht auf diese unverschämt direkte Art und Weise. Schon allein deshalb hatte er ihm spitzzüngig geantwortet, dass er wegen einer Behinderung vom Wehrdienst befreit worden war und statt Wehrdienst – den er Kriegsdienst nannte – zwei Jahre lang in einer psychiatrischen Klinik Patienten die Essensreste vom Gesicht gewischt, ihnen den Hintern geputzt und Erbrochenes in Putzeimer geschaufelt hatte, was über das übliche Maß an »Dienen« hinausgegangen sei. Er hatte ihm nichts von seinem Hass auf alles Militärische gesagt, weil Assmann das schlichtweg nichts anging. Seine pazifistische Einstellung einem völlig Unbekannten gegenüber zu rechtfertigen – denn darauf wäre das Gespräch hinausgelaufen –, hätte bedeutet, *Assmann* zu dienen, und damit hätte Arthur einen großen Teil seiner Selbstachtung eingebüßt.

Stattdessen hatte er Assmann eine sarkastische Antwort gegeben. »Ich hätte dem deutschen Volk bei seiner Wiederauferstehung zu gerne mit der Waffe und in Uniform gedient, aber ich durfte nicht, wegen einer körperlichen Behinderung, wo ich doch so gern zur Marine gegangen wäre. Schon als Kind war ich eine richtige Wasserratte, aber da war dann dieser schreckliche Unfall beim Wildwasserfahren. Am Hüftgelenk waren Bänder gerissen und danach nicht mehr richtig zusammengewachsen. Ich würde nicht strammstehen können, sagten sie mir bei der Musterung. Und ewig lange marschieren würde ich auch nicht können, genauso wie ich auch nicht auf dem Boden herumkriechen, über Stacheldrahtzäune klettern oder die Fahne schwenken könne. Sie sagten, ich soll froh sein, wenn ich nicht irgendwann ein Stützkorsett tragen muss. So wurde also aus dem Dienen mit der Waffe nichts.«

Das hatte er zu Assmann gesagt und sich dabei mehrmals an die Hüfte getippt und eine gequälte Grimasse gezogen. Assmann sollte ruhig sehen, dass er auch Jahre nach dem Unfall immer noch Schmerzanfälle hatte. Das war gelogen. Er hatte den Wehrdienst verweigert und er hatte nicht in einer psychiatrischen Klinik, sondern in einem Krankenhaus gearbeitet. Ob Assmann den Sarkasmus in seiner Antwort verstanden hatte, wusste er nicht.

Auf jeden Fall stellte er keine weiteren Fragen, und außer einem steifen »Ist das so?«, sagte er nichts mehr und wandte sich dann von ihm ab.

Horowitz, der noch bis vor wenigen Tagen die Position des Direktors der Hochschule bekleidet hatte, war bei diesem kurzen Gespräch damals dabei gewesen und hatte ihm danach gesagt, dass er Assmann mit seiner Antwort wahrscheinlich zutiefst beleidigt habe. Er kenne Assmann gut genug, um sagen zu können, dass dieser Mann eine abgrundtiefe Abneigung gegen Leute habe, die entweder den Wehrdienst verweigerten oder wegen irgendeiner lächerlichen Behinderung vom Wehrdienst befreit wurden. Assmann sei überzeugter Soldat gewesen. »Wahrscheinlich hat er schon als kleines Kind mit Spielzeugpanzerfäusten trainiert«, hatte Horowitz gespöttelt, »sonst hätten sie ihn in der Bundeswehr nicht so schnell zum Hauptfeldwebel befördert.«

Horowitz hatte seine eigenen Probleme mit Assmann. Die Bestellung Assmanns als neuen Geschäftsführer käme einer feindlichen Übernahme gleich, hatte er zu Arthur gesagt und dabei etwas von Unvermögen und Blindheit im Verwaltungsrat der Hochschule gefaselt. Er hatte sich auch über den Namen Assmann lustig gemacht. Das sei ein Name, den man sich gut merken könne, weil man ein »bestimmtes Bild im Kopf hat, wenn man ihn von hinten sieht.« Mit seiner Erfahrung im »Ansammeln von Lehrstuhlsitzfleisch« an der Universität Osnabrück sei er »einer dieser erlauchten Professoren, die von ihrem Stuhl nur aufstehen, wenn sie aufs Klo müssen. Wissenschaftlich hat der Mann noch nie irgendwelche Leuchtraketen in den Himmel geschossen.«

Arthur hatte nach dieser ersten Begegnung mit Kommandant Assmann nicht gedacht, dass er ihn jemals wiedersehen würde, und jetzt saß dieser Mann ein Stockwerk über ihm und er würde ihm heute Rede und Antwort stehen müssen für seine Weigerung, die Frage nach dem Dienen mit dem gehörigen Respekt vor militärischer Autorität zu beantworten. Arthur spürte ein Stechen in der Schläfe, als er sich vorstellte, wie Assmann ihn begrüßen würde, im Befehlston eines Feldwebels, der einen Trupp Jungrekruten durch Schlammpfützen und über mit Stacheldraht geschmückte Mauern jagt.

Was sollte er Assmann antworten, wenn er ihn auffordern würde, seine Einstellung zum Wehrdienst zu erklären? In Angriffsstellung gehen und fragen, ob *er*, Assmann, gedient hatte, an welchem Standort und in welcher Teilstreitkraft der Bundeswehr? Ob er als junger Rekrut in seiner Kompanie auch Küchendienst gemacht und ab und zu auch das Bettenmachen für die Kameraden übernommen hatte, als bescheidener Beitrag zu einer Willkommenskultur? Spätestens an diesem Punkt würde Assmann den Sarkasmus in Arthurs Fragen erkennen, und dann wäre der Teufel los. Assmann würde ihn anbrüllen: »Schönhuber, was erlauben Sie sich?!« Vielleicht wäre es besser, auf die Tränendrüse zu drücken und ihm seine angebliche Wehruntauglichkeit anschaulich vorzuführen. Er könnte sich in etwas gebückter Haltung und leicht hinkend in Assmanns Büro schleppen, eine Idee, die er gar nicht so schlecht fand, als er Brigitte, seiner Frau, von Andreas Telefonanruf berichtete.

Kurz bevor er sich auf den Weg in sein Büro machte, klingelte das Telefon. Es war Bruno Sedlmeier, sein junger Kollege, für dessen Anstellung er sich intensiv eingesetzt hatte. Ob Arthur mit dem neuen Geschäftsführer schon gesprochen habe, fragte Sedlmeier, und ob er bestätigen könne, dass Assmann der *Ulf* Assmann von der Universität Osnabrück sei. Er habe einen Freund, der einige Semester dort studiert und einen Kurs bei einem Professor mit diesem Namen belegt hatte. Assmann sei ein harter Brocken, habe sein Freund gesagt, arrogant, elitär und bis auf die Knochen autoritär. Assmann sei bekannt dafür, dass er seine Vorlesungen im Staccato Ton abhalte und Fragen von Studenten auf eine Weise beantworte, die den Fragesteller vor allen Leuten im Hörsaal als Idioten bloßstelle, die an einer Universität nichts zu suchen hätten. Auch seine wissenschaftlichen Fähigkeiten ließen sehr zu wünschen übrig. Er habe nicht viel publiziert, jedenfalls nichts Gescheites, und sein Englisch sei »hundsmiserabel«. Wenn man ihn Englisch sprechen höre, müsse man sich an den Kopf fassen. Seine dürftigen Englischkenntnisse zeigten sich unter anderem auch darin, dass er seine zwei oder drei Artikel für englischsprachige Zeitschriften von seinen Mitarbeitern am Lehrstuhl schreiben lasse und er dann auch noch die Frechheit besäße, nur sich selbst Autor zu nennen.

Arthur sagte zu Sedlmeier, dass er über Assmann nicht mehr wisse als das, was er von Horowitz gehört

13

habe, nämlich dass Assmann bis vor kurzem einen Lehrstuhl in Betriebswirtschaft in Osnabrück gehabt habe. Er solle sich keine großen Gedanken wegen Assmanns Bestellung als Geschäftsführer machen. Der Austausch des Geschäftsführers an einer Privathochschule sei nichts Ungewöhnliches. Das HMT sei eine Neugründung und da dürften Kurskorrekturen in der Anfangsphase nicht überraschen. Warum ein Lehrstuhlinhaber an einer staatlichen Universität am Ende seiner Laufbahn an eine Privathochschule gehe, sei ihm allerdings ein Rätsel. Da könne man nur spekulieren. Mehr Gehalt vielleicht, die Hoffnung auf eine Steigerung von Macht und Ansehen, oder die Verzweiflung nach einer missratenen Scheidung. Was er Sedlmeier nicht sagte, war, dass er heute Vormittag ein Gespräch mit Assmann führen würde.

***

Als Arthur um elf Uhr *zwei*undzwanzig Assmanns Büro betrat, war die Begrüßung etwa so, wie er es erwartet hatte. Assmann stand nicht einmal auf, um ihm die Hand zu geben. »Hatten Sie Probleme, mein Büro zu finden?«, fragte er und deutete mit einer scharfen Kopfbewegung auf den Stuhl vor seinem Schreibtisch, was für Arthur bedeutete, dass er von Assmann die Erlaubnis bekommen hatte, sich zu setzen. Dabei warf er ihm einen Blick zu, der sagen sollte, dass die zwei Minuten, die er verspätet erschienen war, sich für ihn, Professor Assmann, dessen Tag mit unzähligen, wichtigen Terminen ausgefüllt war,

14

wie unvertretbar lange zehn Minuten anfühlten. Es war der Blick eines Feldwebels, der dem Rekruten schon am ersten Tag in der Kaserne das Strammstehen in voller Montur beibringt.

Arthur spürte, wie eine dicke Schweißperle seinen Rücken hinunter rann, während er sich die aufgeblähten Hände ansah, mit denen Assmann das Gummiband von einer Dokumentenmappe löste, die vor ihm auf dem Schreibtisch lag. Die geschwollenen Finger Assmanns passten zu seinem Gesamterscheinungsbild. Der Mann war übergewichtig, ein Fettkloß, würden manche sagen. Sein Dienst beim Militär hatte Spuren hinterlassen. Vielleicht eine hormonelle Störung, dachte Arthur, oder eine psychologische Überreaktion auf den Druck, dem er als Soldat ausgesetzt gewesen war, immer körperlich fit und jederzeit für den Kampf einsatzbereit zu sein. Er schätzte Assmann auf Mitte sechzig. Er hatte also nach Beendigung seiner Militärkarriere genug Zeit gehabt, sich eine zehn Zentimeter dicke Fettschicht zuzulegen. Sein Jackett spannte in den Schultern und über der Brust wie das Schlagfell einer Trommel. Bei seinem Gastvortrag hatte er ein ähnliches, um zwei Nummern zu kleines Jackett getragen, und sein Gesicht war genauso rot angelaufen gewesen wie in diesem Augenblick. Damals hatte Arthur geglaubt, Assmann leide unter Bluthochdruck, doch jetzt war es vielleicht sein Zorn wegen Arthurs gespielt lässigen Auftritts, was seinen Kopf eine rote Farbe annehmen ließ. Arthur hatte ihn schlicht mit »Hallo Herr Assmann« begrüßt, als er durch die Tür getreten war.

Während Assmann auf der Suche nach bestimmten Unterlagen durch die Innenfächer der Mappe blätterte, sah Arthur sich im Zimmer um. Hier war alles an seinem Platz. Auf einer Seite des Schreibtisches stand ein Assmann zugewandtes gerahmtes Foto, das wahrscheinlich seine Familie zeigte, und auf der anderen Seite thronte die schwarze Marmorbüste eines Mannes, der Hermann Göring sein könnte. Die hinter Glas gerahmte Urkunde an der Wand hinter Assmann sah wie eine Universitätsdiplomurkunde aus, oben ein im Rundbogen lang gestreckter Schriftzug, unten, auf beiden Seiten, der Stempel eines Logos, und am unteren Rand, in der Mitte, ein rotes Siegel. Die fünf in schwarzem Kunstleder überzogenen Besuchersessel waren im exakt gleichen Abstand um einen Glastisch platziert, der groß genug war, um als Konferenztisch zu dienen. Im Bücherregal, in dem kein einziges der zwei bis dreihundert Bücher schief stand oder über die anderen hinausragte, entdeckte Arthur ein halbes Dutzend Exemplare von Peters und Watermans Bestseller »Auf der Suche nach Spitzenleistungen«, drei Exemplare von Peter Druckers »Die Kunst des Managements« sowie mehrere Jahrgänge der Zeitschriften »Der Betriebswirt« und »Die Unternehmung«. In diesem Büro herrschte eine gnadenlos pedantische Ordnung, die einwandfrei zu den grau gestrichenen Sichtbetonwänden passte. Ein Spielzeugpanzer, der laut rattert und Funken sprüht, wenn man ihn über den Schreibtisch fahren lässt, würde etwas Pfiff in die stocksteife Stimmung hier bringen, dachte Arthur.

Assmann zog ein Blatt Papier aus der Mappe und sagte: »Ich nehme an, Sie wissen, warum Sie hier sind.«

»Um Sie bei uns willkommen zu heißen?«, entgegnete Arthur angestrengt lächelnd. Assmann sah ihn mit zusammengekniffenen Augen an. »Ich habe gehört, Sie sind der neue Geschäftsführer bei uns«, fügte Arthur schnell hinzu.

»Genau, und wissen Sie auch warum?«

Arthur ließ sich ein paar Sekunden Zeit, bevor er antwortete: »Nein, eigentlich nicht. Herr Horowitz hat uns nichts darüber gesagt.«

»Das muss er auch nicht. Sie wissen, dass wir hier einen Verwaltungsrat haben und dass die zentralen Entscheidungen vom Verwaltungsrat getroffen werden, und nicht von Herrn Horowitz. Und die wichtigste Entscheidung, die der Verwaltungsrat jetzt getroffen hat, ist die, dass diese Hochschule ab sofort, das heißt unverzüglich, wie eine *richtige* private Bildungseinrichtung geführt wird.« Hier machte er eine Pause, als ob er von Arthur eine Reaktion erwartete. Nachdem Arthur nichts sagte, fuhr er fort: »Das heißt, wir werden uns jetzt ausschließlich an betriebswirtschaftliche Kriterien halten. Wir müssen effizienter arbeiten. Ich stelle fest, dass viel Geld für unsinniges Zeug ausgegeben wurde, für Dinge, die nichts mit Weiterbildung zu tun haben. Ich muss Ihnen nicht sagen, was das für Dinge sind, oder?«

Assmann sah ihn mit Strichaugen an. Arthur war in höchstem Alarmzustand. Er war nicht bereit, Assmann seine Zustimmung zu dessen Feststellung unsinnigen

Geldausgebens ohne weiteres zu gewähren. Er versuchte es mit einer sarkastisch gemeinten Bemerkung: »Meinen Sie die Parkanlage hinter dem Gebäude? Da würde ich Ihnen zustimmen, wir brauchen keine Landesgartenschau um die Einfahrt herum. Ein einfaches Stück Wiese mit ein paar Sitzbänken würde es auch tun.« Assmanns Mund öffnete sich leicht, als wolle er etwas sagen, doch er sah ihn nur an. »Oder meinen Sie den Speiseplan der Cafeteria? Linsen und Spätzle zweimal die Woche, Maultaschen am Montag und jeden Tag Butterbretzeln für den kleinen Hunger. Mit Weiterbildung hat das nichts zu tun, da würde ich Ihnen recht geben, und wenn ich das so sagen darf, mit gesunder Ernährung auch nicht. Eher mit Verstopfung.« Assmann warf ihm jetzt einen giftigen Blick zu, dem Arthur mit einer weiteren, diesmal allerdings ernstgemeinten Bemerkung zum kulinarischen Angebot der Cafeteria standzuhalten versuchte. »Und was wir Leuten anbieten, die bei uns einen Gastvortrag halten, ist auch nicht gerade gesundheitsfördernd: Kekse und Apfelsaft. Das ruiniert den Zuckerspiegel. Oder sehen Sie das anders, Herr Assmann?«

»*Professor* Assmann!«

»Natürlich, ja, Professor.«

»Sie müssten eigentlich wissen, dass ich Professor bin. Ich war schon einmal in diesem Haus.«

War das jetzt der Moment, wo Assmann ihn auffordern würde, sich zu seinem sarkastischen Kommentar damals bezüglich des Dienens am Volk zu äußern? Vielleicht sollte Arthur schnell auf Smalltalk umschalten und ihn fragen, ob es ihm in Herrenberg gefalle, ob er mit seiner Familie hier oder im schönen Tübingen wohne. Oder er könnte sich kurz angebunden geben und nur das absolut Notwendige sagen. Es gab sicherlich verschiedene Möglichkeiten, Assmann in ruhigeres Fahrwasser zu lotsen. Was er jedoch auf keinen Fall tun würde, war, sich ihm anbiedern. Was nicht heißen müsse, dass er ihm nicht wenigstens eine kleine Prise Bewunderung zukommen lassen könnte. Er könnte zum Beispiel Interesse an der Urkunde an der Wand bekunden und ihn etwas zu seinem Studium fragen. Oder, weil Assmann von Effizienz gesprochen hatte, könnte er ihm seine eigenen Gedanken zum Thema organisatorische Effizienz darlegen. Dagegen wäre nichts einzuwenden. Auch mit seinen Klienten führte er gelegentlich sehr anregende Gespräche über die positiven und negativen Konsequenzen einer effizienten Organisationsstruktur.

»Ja, ich kann mich erinnern, Sie hielten bei uns einen Vortrag«, sagte er und fügte hinzu, wohlwissend, dass Assmann die folgende Bemerkung als Provokation auffassen könnte: »Ich bin auch Professor, aber Sie müssen mich nicht unbedingt mit meinem Titel anreden. Das geht auch ohne.«

»Sie, Professor?!«, schnaubte Assmann. »Da muss ich Sie jetzt aber korrigieren. Man hat Ihnen nur für die Zeit, die Sie am HMT arbeiten, den Titel eines *Gast*professors gegeben, aber von Ihrem Werdegang her sind Sie kein *Universitäts*professor. Ich habe mir Ihr Curriculum Vitae angesehen. Sie sind Unternehmensberater. Ich weiß, Sie haben einen Doktortitel, aber den haben Sie in den USA erworben, nicht in Deutschland. Und eine Habilitation haben Sie auch nicht. Sie können sich hier also gar nicht als Professor ausweisen. Ist Ihnen das klar?«

»Verzeihung, aber warum steht dann in meinem Arbeitsvertrag, dass mein Lehrauftrag mit einem Professorentitel verbunden ist? Herr Horowitz hat mir gesagt, das HMT bräuchte Professoren, die ihren Doktorgrad im Ausland erworben haben, am besten in den USA, weil das gut sei für das Image einer internationalen Hochschule. Und wenn Sie mein Vita gelesen haben, wissen Sie, dass ich an einer hochkarätigen amerikanischen Universität promoviert habe, in Princeton, in New Jersey.«

Der letztere Hinweis war von Arthur nicht unbedingt als Provokation gedacht gewesen, doch Assmann verstand ihn als solchen. Er antwortete in einem Ton, der pure Verachtung ausdrückte: »Ich weiß, wo Princeton liegt. Aber ich will Ihnen jetzt etwas sagen, mein lieber Herr Schönhuber, was *Sie* vielleicht nicht wissen. Dort studiert zu haben macht Sie noch lange nicht zu einem Universitätsprofessor. Und dass Sie in den USA ein paar Mal als Gastdozent einen Lehrauftrag hatten, hat in dieser Hinsicht auch nichts zu sagen. Publiziert haben Sie auch nichts außer einem Buch und ein paar kleinen Artikeln in irgendwelchen amerikanischen Zeitschriften. Aber das kann Ihnen natürlich niemand übelnehmen. Sie sind schließlich kein Wissenschaftler.«

»Herr Assmann, ich verstehe jetzt nicht ...«

»*Professor* Assmann!«

»Herr Professor, wollen Sie jetzt mit mir über meine Qualifikation oder über das HMT reden?«

»Nun, das wird sich nicht so leicht trennen lassen. Wir müssen über das HMT reden, und dabei spielt natürlich auch Ihr Werdegang eine Rolle. Schließlich sollen Sie hier einen produktiven Beitrag leisten. Ich habe Sie zu diesem Gespräch gebeten, weil ich Ihnen sagen will, was auf Sie, auf uns alle hier zukommt. Es wird ein neuer Wind wehen, und zwar ein scharfer Wind. Wir bewegen uns in einem schwierigen Markt. Der Wettbewerb ist gnadenlos. In ganz Europa sind in den letzten Jahren Privathochschulen entstanden, und weitere Neugründungen stehen in den Startlöchern, viele mit ganz ähnlichen Programmen, wie wir sie anbieten, und in allen wird auf Englisch unterrichtet. Auch in Baden-Württemberg gibt es schon einige Privathochschulen, von denen viele sich ihre Studenten aus dem fernen Ausland holen. Und auch hier, ganz in unserer Nähe, haben wir Konkurrenten, und bald wird es noch mehr geben, in Bietigheim, in Reutlingen, oder vielleicht in Böblingen. Wissen Sie, was das bedeutet? In einem hart umkämpften Markt wie diesem werden nicht alle Akteure überleben. Das heißt, wir müssen das, was wir bereits gut machen, noch besser machen.«

Hier unterbrach er sich und sah Arthur prüfend an. Vielleicht glaubte er, Arthur würde ihn jetzt fragen, was genau man am HMT verbessern könnte. Doch Arthur wollte lieber nichts sagen. Er wollte alles vermeiden, was dieses Gespräch unnötig in die Länge ziehen würde.

»Unsere Geldgeber wollen ihre Mittel gut angelegt wissen«, fuhr Assmann fort. »Und damit wir uns richtig verstehen, meine Aufgabe ist es, dafür zu sorgen, dass mit diesem Geld effizient umgegangen wird.«

Horowitz hatte Arthur bei seinem Einstellungsinterview die Liste der Hauptgeldgeber vorgelegt. Es waren zwei Stuttgarter Großunternehmen dabei, sowie ein knappes Dutzend Mittelstandsunternehmen, in einem Gebiet, das von Herrenberg bis nach Nürtingen reichte und deren Inhaber im Verwaltungsrat der Hochschule saßen. Alle diese Firmen hatten eine mehr oder weniger große Summe in den Kapitalstock des HMT eingebracht. Auch die Stadt Herrenberg war mit einer beträchtlichen Summe im Kapitalstock vertreten und hatte deshalb eine Person im Verwaltungsrat sitzen. Es sei ein riesiger Vorteil, mehrere international agierende Unternehmen im Verwaltungsrat zu haben, hatte Horowitz gesagt. International bekannte Namen seien gut für das Image dieser jungen Bildungseinrichtung.

»Und was sagt Herr Horowitz dazu?«, fragte Arthur.

»Zu was?«

»Zu dieser neuen Betonung auf Effizienz?«

»Um es klar zu sagen, die Firmen, die uns Geld geben, *die* haben hier das Sagen. Herr Horowitz hat nichts mehr zu sagen. Aber was *ich* Ihnen sage, ist, dass wir unser Ziel nur erreichen können, wenn wir alle effizient arbeiten, und dafür müssen wir die Prozesse hier optimieren. Die Investitionen der Firmen müssen sich lohnen. Ich will, dass Sie das verstehen.«

Optimieren war ein Wort, das Arthur schon immer verhasst war. Der Gebrauch dieses Wortes war für ihn symptomatisch für eine Krankheit, die Manager immer dann befiel, wenn sie glaubten, für die weitere Entwicklung ihres Unternehmens gebe es nur schmerzhafte Wege, für die sie hart klingende Begriffe wie Leistung und Kontrolle vermieden und lieber von Teamarbeit und Nachhaltigkeit sprachen. Die Managementliteratur war voll mit Büchern, in denen alle möglichen Verbesserungsvorschläge unter dem hoffnungsfroh klingenden Begriff »Optimierung« zusammengefasst wurden.

»Aber wenn ich das sagen darf«, entgegnete Arthur, »wir sind kein Wirtschaftsunternehmen, wir sind eine Bildungsstätte. Wir stellen keine Bleistifte oder Windeln her. Wir produzieren Wissen, so wie auch ich als Unternehmensberater an einem Produkt des Geistes arbeite. Ich schaffe Wissen. Das heißt, ich ...«

»Ich weiß, was ein Unternehmensberater macht«, unterbrach Assmann, »das müssen Sie mir nicht sagen. Ich weiß auch, dass wir kein Industriebetrieb sind. Aber auch Wissen ist ein Produkt, und ein Produkt muss immer wieder aktualisiert und weiterentwickelt werden, sonst wird man vom Markt gefegt. Die Information, die Sie Ihren Klienten geben, hat nur einen Wert, wenn sie nachgefragt wird. So ist das bei uns auch. Verstehen Sie das? Möchten Sie, dass ich Ihnen das näher erkläre?«

Assmann sprach im Ton eines Lehrers, der alles an die Tafel schreibt und jedes Wort dreimal vorsagt, damit es auch die Dümmsten in der letzten Reihe kapieren.

Arthur spürte, wie sein Nackenmuskel sich zusammenzog. Er überlegte, ob er für ein paar Minuten nach draußen an die frische Luft gehen sollte. »Entschuldigen Sie bitte, ich habe gerade Schmerzen in der Hüfte«, könnte er zu Assmann sagen. »Sie erinnern sich vielleicht, mein Unfall. Die Ärzte meinen, ich soll nicht so lange sitzen, ich soll mich viel bewegen, am besten an der frischen Luft.« Das könnte er sagen, doch es würde wie ein Fluchtversuch aussehen.

Was er stattdessen sagte, war: »Herr Professor Assmann, ich weiß, wie der Markt funktioniert. Wenn ich von Wissen spreche, meine ich nicht Informationen, die man Leuten in kleinen Häppchen auf dem Teller anbietet, so wie Kinder einen Turm aus einzelnen Legobausteinen zusammenbauen. Ich zeige den Studenten, wie man mit Information analytisch umgeht, wie man seine Grundannahmen überprüft und dabei auch vielleicht zu neuen Fragen kommt, um aus Information Wissen zu machen. Ich bin hier geheuert worden, um Bildung anzubieten, und genau so habe ich das mit Herrn Horowitz besprochen. In meinem Arbeitsvertrag steht nichts von Effizienz, und auch von meinem Beitrag zur Wirtschaftlichkeit dieser Organisation ist dort nirgendwo die Rede. Ich bitte Sie, dies zur Kenntnis zu nehmen.«

»Keine Aufregung, Herr Schönhuber. Ihnen wird nichts passieren, solange Sie sich an meine Vorgaben halten. Sie werden verstehen, wenn wir nicht wirtschaftlich arbeiten, wird es bald keine Hochschule mehr geben, und dann werden Sie überhaupt keine Gelegenheit mehr haben, unseren Studenten *irgendetwas* beizubringen, weder Wissen noch neue Fragen. Wenn Sie sich an meinen Vortrag hier erinnern können, wissen Sie, dass ich mich seit vielen Jahren mit betriebswirtschaftlichen Fragen befasse. Wenn es um betriebswirtschaftliche Herausforderungen geht, habe ich ein besonders empfindliches Ohr. Ich will Ihnen das unmissverständlich sagen, es wird hier strukturelle Änderungen geben. Auch die Arbeitsabläufe werden wir optimieren. Wollen Sie, dass ich Ihnen ein paar Beispiele gebe von dem, was demnächst hier ansteht?«

Arthur beschlich jetzt das Gefühl, dass der Stuhl, auf dem er saß, mindestens eine Handbreit niedriger war als die Sitzfläche Assmanns. Er war um einiges größer als Assmann, er saß kerzengerade und trotzdem befand er sich nicht auf Assmanns Augenhöhe. Assmann thronte auf seinem Stuhl wie auf der Kommandobrücke eines Schiffes. »Beispiele sind immer gut. Soll ich mitschreiben?«, fragte Arthur in sarkastischem Ton.

»Wieso? Können Sie sich nichts merken?«, erwiderte Assmann mit einem sardonischen Lächeln.

»Doch, aber vielleicht ist ein Beispiel dabei, das ich in meinen Lehrveranstaltungen verwenden kann, und das würde ich mir gern notieren.«

»Dann sage ich Ihnen jetzt, was gemacht werden muss, Herr Schönhuber. In der Verwaltung werden wir effizienter sein müssen, und das geht nur, wenn wir Redundanzen im Personal abbauen. Einige Leute werden gehen müssen und die Sekretärinnen werden in einem

Pool zusammengefasst. Unsere Damen werden alle im gleichen Raum arbeiten und sie werden ihre Aufgaben nur noch an den Stellen in der Organisation erledigen, wo man sie gerade braucht. Kennen Sie den Begriff dafür?«, fragte er mit dem strengen Blick eines Lehrers aus der Zeit von Wilhelm Busch. Er wartete ein paar Sekunden, dann gab er selbst die Antwort. »Man nennt das Just-in-Time-Verwaltung, das müssten Sie als Managementberater eigentlich wissen. Es wird keinen Leerlauf mehr geben, und die Leute werden schnell lernen, wieviel besser es ist, seine Kompetenzen am richtigen Platz und zum richtigen Zeitpunkt einzusetzen. Es kann nicht angehen, dass jeder Professor hier seine eigene Sekretärin hat. Die freiwerdenden Räume werden wir vermieten, das bringt zusätzliches Geld in die Kasse. Und das Lohnsystem wird ebenfalls umgebaut. Die Sekretärinnen werden einen sechs-Monate Zeitvertrag bekommen und die Vergütung unserer Teilzeitdozenten wird für jeden Kurs, den sie anbieten, um die Hälfte reduziert, mit Bonuszahlungen für gute Lehre.«

Arthur brauchte ein paar Sekunden, um sich zu sammeln. Er holte tief Luft und sagte: »Was meinen Sie mit ›gute Lehre‹?«

Für Arthur war das eine äußerst komplexe Frage, doch Assmann musste nicht lange überlegen. »Das können Ihnen unsere Kunden sagen. Die Studenten wissen, inwieweit das Produkt, das wir ihnen verkaufen, ihren Ansprüchen genügt.«

»Sind Sie da sicher?«

»Hören Sie, unsere Studenten wissen genau, ob sie in ihren Projektarbeiten gut betreut werden und ob die Professoren für die Lehre gut vorbereitet sind. Ich werde einen neuen Evaluierungsbogen zur Lehrqualität der Professoren erstellen lassen, der solche Aspekte aufnimmt, und ich werde mir dann die Bewertungen genau ansehen.« Er strich sich mit einer Hand ein paar Mal über die Schläfe, dann sagte er, wobei er die andere Hand auf die Dokumentenmappe vor sich legte: »Und das heißt natürlich auch, dass ich, wenn es um die Verlängerung von Lehrverträgen geht, den Studentenbewertungen großes Gewicht zukommen lassen werde.«

Assmann sah nicht so aus, als erwartete er von Arthur eine Antwort. Trotzdem hielt Arthur es für angebracht, etwas zu seiner Sichtweise zum Nutzen von Studentenbewertungen zu sagen. Den Gedanken, Studenten wie Kunden zu behandeln, hielt er für zu eng konzipiert. Die Widersprüche zwischen akademischen Standards und der Wirtschaftlichkeit einer kleinen Hochschule waren für ihn zu groß, als dass man sie mit dem einfachen Hinweis auf die Wünsche von Studenten lösen könnte, wenn man sie wie Kunden von Industrieprodukten behandelte. Er sagte: «Meine Studenten sind nicht wie Leute, die sich hauptsächlich am Preis einer Dienstleistung orientieren. Sie sind Lernende, die in der Erstellung der Dienstleistung, die wir ihnen hier anbieten, nämlich die Schaffung und Vermittlung von Wissen, aktiv mitwirken müssen, um eine hohe Qualität der Lernergebnisse zu erreichen. Studentenbewertungen sind natürlich wichtig, aber sie sollten den Dozenten als Feedback dienen, und nicht als Kriterium für die Höhe der Vergütung. So ist das jedenfalls an einer *normalen* Universität.«

Assmann reagierte ungehalten. »Die Bezahlung schließt Feedback nicht aus. Der Dozent, der von den Studenten gute Noten bekommt, soll auch belohnt werden. Das gehört zu einem gut funktionierenden Unternehmen mit einer Kultur der Exzellenz. Damit wir uns richtig verstehen, wir können es uns nicht leisten, Geld an unbeliebte Professoren zu verschwenden.«

»Und was ist mit Forschung? Professoren müssen auch in der Forschung aktiv sein.« Arthur musste sich auf die Zunge beißen, um nicht zu sagen: »Oder war das bei Ihnen in Osnabrück anders?«

»Wenn Ihre Kollegen hier sich unbedingt wie Professoren fühlen wollen, sollen sie an eine staatliche Universität gehen. Dort können sie forschen so viel sie wollen, aber bei uns müssen sie sich um die Lehre kümmern. Die Lehre ist unsere Kernkompetenz. Die Studenten wollen keine Forschung, sie wollen exzellente Lehre.«

»Dann verstehe ich nicht, warum wir uns Hochschule nennen, wenn Forschung hier nichts zählen soll. Dann macht es auch keinen Sinn, das HMT als das schwäbische MIT zu bezeichnen.«

Das HMT habe gewisse Ähnlichkeiten mit dem Massachusetts Institute of Technology, hatte Horowitz zu Arthur in seinen Vorstellungsinterviews gesagt. So wie das MIT eine wichtige Rolle für die Technologieregion rund um Boston spiele, würde das HMT in Bälde die

Rolle einer Elitebildungsstätte für die technologisch führende württembergische Wirtschaft einnehmen. Der Verwaltungsrat habe schon früh vom HMT als dem schwäbischen MIT gesprochen, hatte Horowitz gesagt. In den Pressemitteilungen hieß es, dass das HMT sich zum deutschen MIT entwickeln würde.

»Sie haben doch sicherlich schon vom MIT gehört«, fügte Arthur schnell hinzu, weil Assmann ihn mit einem fragenden Blick ansah. »Wissen Sie, was ich mit MIT meine? Ich meine nicht die Mittelstands- und Wirtschaftsvereinigung der CDU, und auch nicht den türkischen Nachrichtendienst MIT. Ich spreche von ...«

»Wollen Sie mich veräppeln?!«, schrie Assmann. Sein Gesicht war jetzt knallrot.

»Nein, überhaupt nicht. Ich sage nur, dass manche Leute hier das HMT mit einer Eliteeinrichtung wie dem Massachusetts Institute of Technology vergleichen. Das MIT ist weltweit bekannt für richtungsweisende Forschung. Diese Uni hat auch viele Nobelpreisträger hervorgebracht.«.

»Wir sind eine hervorragend aufgestellte Hochschule, Herr Schönhuber, eine *Elite*bildungsstätte. Aber wir sind auch ein Dienstleistungsunternehmen. Die Schritte, die ich demnächst ergreifen werde, sind unverzichtbar für die Weiterentwicklung dieser großartigen Einrichtung. Sie sind auch unverzichtbar im Hinblick auf unsere Glaubwürdigkeit als Bildungsstätte für die intellektuelle Elite in diesem Land, auch im Hinblick auf die Bedeutung technologischen Wissens und damit auch für den

Wohlstand in dieser Region. Haben Sie mich verstanden, oder muss ich mich wiederholen?«

Die letzten paar Minuten waren für Arthur eine Tortur gewesen. In seinem Kopf pochte es, und sein Nacken war verkrampft. Er schloss die Augen. Wenn ich sie wieder öffne, sagte er sich, wird Assmann aufhören, mich wie einen Erstklässler zu behandeln. Er atmete ein paar Mal tief durch und als er die Augen öffnete, sah er, dass Assmann ihn mit einer eiskalten Miene musterte.

»Und wir müssen auch über die Inhalte Ihrer Lehrveranstaltungen reden, Herr Schönhuber. Ich habe mir die Beschreibung Ihrer Kurse angesehen. Für diese Studenten ist das alles viel zu wissenschaftlich. Ich meine, die Sprache, die Sie verwenden, das ist für die Leute viel zu kompliziert.« Er nahm den Syllabus eines von Arthurs Kursen aus der Mappe und las aus der ersten Seite vor. »Hier steht: ›*We will examine how cognitive schemas and contexts come together in specific instances to create situated cognition at a particular point in time.*‹ Nennen Sie *das* gute Kommunikation?«

Arthur überlegte, ob er Assmann in seiner Aussprache einiger englischer Wörter korrigieren sollte. »*Particular*« hatte er wie barikular, und »*schemas*« hatte er mit »sch« wie im deutschen Wort »Schule« ausgesprochen. Auch eine verständliche Aussprache gehört zur guten Kommunikation, könnte er ihm jetzt antworten, doch er riss sich zusammen und schwieg.

Assmann legte den Finger auf eine andere Stelle in der Kursbeschreibung. »Oder was meinen Sie mit ›*This course helps understand individual sites as a node of multiple knowledge connections of varying intensity and spatial distance.‹* Kann man das nicht viel einfacher sagen?«

»Herr Assmann, ich …«

»*Professor* Assmann!«

Arthur blieb gefasst. »Ich verwende nur Begriffe, die an einer Universität Standard sind.«

»Ich weiß, was Standard ist, aber Sie müssen mit Begriffen auch flexibel umgehen können. Wenn Sie unsere Studenten motivieren wollen, sollten Sie einfache Worte und kurze Sätze verwenden. Sie schreiben auf Ihre Visitenkarte doch auch nicht ›Unternehmensberater für symbolischen Interaktionismus‹, oder? Mit Ihren hochgestochenen Begriffen jagen Sie den Studenten Angst ein. Sie drangsalieren diese Leute. Ihre Veranstaltungen sind zu steif. Ich mache Ihnen einen Vorschlag. Arbeiten Sie mehr mit Spielen, motivieren Sie die Leute mit etwas, das Spaß macht. Mit Legobausteinen zum Beispiel kann man viel erreichen, auch mit Kostümverkleidungen. Machen Sie Team-Building Übungen mit Studenten in unterschiedlichen Uniformen, gehen Sie mit den Leuten auf Schnitzeljagd, geben Sie ihnen spannende Rätsel, so etwas in der Art, Spiele, die auch international bekannt sind. Sie wollen mit Ihren Studenten klar kommunizieren, oder nicht? Und wenn wir jetzt schon von Kommunikation sprechen, ich werde ab sofort für das HMT einen neuen Namen einführen, einen Namen, der international besser ankommt. Statt Hochschule für Management und Technologie werden wir Herrenberg Institute of Technology heißen. Unser Akronym wird HIT sein. HIT, das klingt wunderbar erfrischend. Wir werden als Hit bekannt sein. Verstehen Sie, was ich meine?«

Arthur schmunzelte. Er war sich klar, dass Assmann sein Schmunzeln als spöttisch deuten könnte, aber das war ihm jetzt egal. »Und was ist mit dem Wort Management im Namen dieser Hochschule? Warum nicht HIMT, mit M für Management? Herrenberg Institute of Management and Technology?«

»Das M lassen wir weg, das brauchen wir nicht.«

»Aber wir lehren doch auch Management. Das gehört zu unserem Auftrag.«

»Ja, das ist aber nicht *so* wichtig. *Technologie* ist wichtig, wir sind hier schließlich in einem Hochtechnologieland. Management im Namen dieser Hochschule lenkt nur ab. Die Leute müssen schon im Logo erkennen, dass wir uns im Kern mit Technologie befassen. Unsere Studenten werden stolz sein, wenn sie sagen können, wir haben am HIT studiert. Ich höre sie schon, wenn sie sagen, das HIT ist ein richtiger Hit. In ganz Deutschland werden wir groß rauskommen, die Medien werden uns als Riesenhit feiern.«

Damit war für Assmann das Gespräch beendet. Er schaute auf seine Armbanduhr und sagte: »Wir sind für heute am Ende. Ihr Kollege Morales wartet draußen. Dem werde ich das Gleiche sagen wie Ihnen. Übrigens, und das will ich Ihnen noch mit auf den Weg geben, der Begriff ›Freiheit in Lehre und Forschung‹ heißt nicht, dass man tun und lassen kann, was man will.«

»Okay, dann werde ich jetzt gehen und einen großen Kasten Legobauklötze kaufen«, sagte Arthur und stand auf, ohne auf Assmanns Antwort zu warten. Auf dem Weg zur Tür hörte er Assmann ihm hinterherrufen: »Denken Sie darüber nach, was ich Ihnen gesagt habe.«

***

Das Erste, was Sedlmeier zu Brigitte sagte, als er sie an der Tür begrüßte, war, dass er sich auf diesen Abend so sehr gefreut habe, dass er sich zeitlich vertan habe und deshalb nun etwas zu früh da sei. »Lieber eine Viertelstunde zu früh als eine Stunde zu spät«, sagte er und überreichte ihr mit der einen Hand einen Margeritenstrauß. Mit der anderen Hand hielt er ihr eine Flasche Rotwein unter die Nase, mit dem Etikett so vor ihrem Gesicht, dass sie die Aufschrift gut sehen konnte. »Ihr Mann sagte mir, Sie trinken gern Bordeaux.« Man konnte es dem Aufleuchten seiner Augen ablesen, dass er mit sich höchstzufrieden war, das passende Geschenk für sie ausgesucht zu haben. »Ich bin Bruno Sedlmeier, aber Sie können mich ruhig Bruno nennen.«

Während er sich für die Abwesenheit seiner Frau entschuldigte, mit der Bemerkung, sie sei verhindert und es täte ihm furchtbar leid, dass er dies Brigitte nicht schon früher hatte wissen lassen, aber es sei etwas Wichtiges dazwischengekommen, führte sie ihn ins Wohnzimmer zu Arthur, der mit einem Buch in der Hand auf der Couch saß. »Du bist etwas früh«, sagte Arthur, »aber das macht nichts. Ich schlage vor, wir setzen uns die paar Minuten auf die Terrasse, die Brigitte noch braucht, um das Abendessen vorzubereiten.«

»Deine Frau ist wirklich nett«, sagte Bruno, während er Arthur, jeder mit einem Glas Wein in der Hand, auf die Terrasse begleitete.

Arthur hatte ihm das Du schon bald nach dessen Anstellung angeboten. Dass Sedlmeier seine Berufung als Assistenzprofessor größtenteils ihm zu verdanken hatte, hatte er ihm nicht gesagt, aber es konnte Sedlmeier nicht entgangen sein, dass Arthur viel von ihm hielt. Arthur war in Sedlmeiers Vorstellungsgespräch schnell zu der Überzeugung gelangt, dass dieser junge Mann aufgrund seines Studiums der Sozialpsychologie und seines Interesses an ethischen Fragen in der Leitung eines Unternehmens einen wesentlichen Beitrag zum Lehrprogramm des HMT leisten könne. Die Themen, die Sedlmeier in seiner Dissertation mit dem Titel »Das Unternehmen als moralischer Akteur« untersucht hatte, seien etwas, das im Lehrprogramm des HMT mehr Beachtung finden sollte, hatte Arthur dem Berufungskomitee lang und breit dargelegt. Sedlmeier hatte ihm gesagt, er habe in der Lehre den ganzen Menschen im Blick und er unterstütze das Prinzip des lebenslangen Lernens. Wenn sich die Gelegenheit böte, würde er gern einen Kurs in »*Cultural Awareness*« und auch einen in »*Soft Skills*« anbieten. Und er würde auch liebend gern als Vertrauensperson für die Studenten tätig sein. Praktische Erfahrungen in der Arbeit als Vermittler in Angelegenheiten, die,

34

wie er sagte, ein hohes Maß an Integrität und diplomatischem Geschick erfordern, hatte er nach seinem Hochschulabschluss in Passau durch seine Mitarbeit in einem Unternehmen in Koblenz gesammelt.

Sedlmeier hatte Arthur in seinem Bewerbungsgespräch seine Vorstellungen eines gut geführten Unternehmens dargelegt. Das Management müsse die Organisation so leiten, dass »auch die Sanftmütigen eine Nische finden können«, wie er sich ausdrückte. Ein Unternehmen, auch ein stark profitorientiertes Unternehmen, dürfe kein Platz für Rohlinge sein, die gute Seite des Menschen dürfe auch im schärfsten Wettbewerb nicht verloren gehen. Die «zwischenmenschliche Chemie« sei hier von zentraler Bedeutung. Dass »die Chemie« die Qualität einer zwischenmenschlichen Beziehung bestimme, egal ob in der Arbeitswelt oder im persönlichen Bereich, sei eine zentrale Erkenntnis in seinem Studium gewesen. Er hatte von Empathie und Integrität gesprochen. Und ein klares Moralverständnis sei nicht selbstverständlich, hatte er gesagt. »Man hat es oder man hat es nicht, so wie ein Proton nicht gleichzeitig ein Elektron sein kann. Die Chemie muss stimmen, sonst ist es für die Akteure auf beiden Seiten einer Beziehung schwierig, glaubhaft darzulegen, dass die Grundhaltung, die sie vertreten, eine ethische ist. Ob einem Menschen die Moral am Herzen liegt, muss man ihm schon nach den ersten Sekunden ansehen können.«

Mit ähnlichen Worten hatte er auch seine erste Begegnung mit seiner Frau beschrieben: «Wir haben uns nur angesehen, und ich wusste schon beim ersten Blickkontakt, dass die Chemie zwischen uns stimmt, dass Jutta die Richtige für mich ist.«

»Wo ist denn deine Frau?«, fragte Arthur. »Kommt sie nach?«

»Jutta? Na ja, sie ist ... Tut mir leid, ich wollte dich anrufen, aber dann war ich ...« Sedlmeier schaute eine Weile auf seine Füße, dann sagte er: »Sie weiß gar nicht, dass ich hier bin, weil ...« Er zögerte wieder. »Wir sind getrennt, ich meine, *richtig* getrennt, seit über drei Wochen. Eigentlich sind es schon fünfundzwanzig Tage. Nein, das heißt, *sechs*undzwanzig, wenn man den heutigen Tag mitrechnet.«

Arthur fiel aus allen Wolken. Er hatte seit Beginn des Semesters fast täglich mit Sedlmeier geredet, doch er hatte nie irgendwelche Andeutungen gemacht, dass in seiner Ehe etwas nicht stimmte. Er war ihm in letzter Zeit etwas unsicher vorgekommen, aber das hatte, wie Arthur glaubte, mit seinen Aufgaben in der Lehre zu tun gehabt. Anfangs waren es nur Fragen zur Logistik des Lehrbetriebs gewesen, doch mit der Zeit hatte er sich bei Arthur auch mit Fragen zu Didaktik und Methodik gemeldet, zum Beispiel der Frage, wie er eine Übung am besten strukturieren könne und ob Arthur ihm ein paar Literaturhinweise zum Aufbau, Ablauf und der Bewertung von Gruppenarbeit geben könne. Erst als Sedlmeier ihn mehrmals fragte, »Glaubst du, ich mache alles richtig?«, war ihm seine Unsicherheit doch etwas bedenklich vorgekommen.

Sedlmeier setzte sich neben Arthur auf die Terrassenbank und schwieg. Nach einer Weile sagte er, er habe ihm etwas zu erzählen, doch Arthur solle es unbedingt für sich behalten, die Sache sei ihm sehr peinlich. Seit zwei Wochen suche er einen Psychiater auf, sechs Sitzungen habe er schon gehabt. Eigentlich sei er wegen Jutta zu ihm gegangen, um sich Rat zu holen, was er tun solle, ob er ihre Mutter anrufen und sie fragen solle, wo Jutta stecke, ob er ihr dann einen Brief schreiben oder sie stattdessen anrufen solle, und ob er sich überhaupt bei ihr melden solle. Anfangs habe »dieser komische Kauz von Psychiater« kaum etwas gesagt, doch in der dritten Sitzung habe er ihn »aus heiterem Himmel« gefragt, ob er schon einmal über seine Haltung zu Frauen im Allgemeinen nachgedacht hätte? Seitdem sei das, und nicht Jutta, das zentrale Thema in den Sitzungen gewesen. Das würde ihn furchtbar nerven. Er wisse nicht, wie er mit dieser Frage umgehen solle. Er habe kein Problem mit Frauen im Allgemeinen. Er möge Frauen sehr, er schätze und achte sie. Jutta sei das Problem, nicht die Frauen an sich.

Ob es möglich sei, fragte er Arthur, dass dieser Psychiater ihm Frauenfeindlichkeit einreden wolle, um aus ihm etwas herauszulocken, ein Schuldgeständnis vielleicht, oder irgendwelche pikante Geschichten. »Kann es sein, dass er mich nur zum Reden bringen will, weil ich bei ihm so schüchtern bin?«, fragte er mit dem Blick eines verängstigten Vierjährigen, dem die Mutter droht, ihm sein Lieblingsspielzeug wegzunehmen. »Oder glaubst du, Psychiater erfinden solche Sachen, weil sie ihre Patienten einschüchtern wollen?«

»Das weiß ich nicht«, erwiderte Arthur, »aber ich denke, jeder Psychiater hat seine Tricks, mit denen er glaubt, zum Patienten durchdringen zu können. Ein bohrender Blick zum Beispiel, oder eine sanfte Stimme.«

»Vielleicht hat dieser Mann Probleme im sexuellen Bereich und er will, dass ich ihm Dinge erzähle, mit denen er seine Neugier befriedigen kann. Er fragt mich nämlich ständig nach meinem Sexualleben. Er will wissen, ob es da irgendetwas Ungewöhnliches gibt, ob ich vielleicht erotische Träume habe, oder Jutta, ob *sie* etwas über ihre Träume rauslässt. Ich mag seine Schnüffelei nicht. Es geht mir auch auf die Nerven, immer wieder die gleichen Fragen gestellt zu bekommen. Der Mann scheint eine festgefahrene Theorie über die Psyche verlassener Ehemänner zu haben. Und die Art, wie er mit mir redet, von Empathie keine Spur. Er will mich auf etwas festnageln, was ich vielleicht einmal im Affekt gesagt habe. Nennt man *das* psychologischen Beistand? Oder Behandlung? Das ist doch keine *Behandlung*.«

»Wenn dich seine Art des Ausfragens stört, geh doch einfach nicht mehr zu ihm hin«, schlug Arthur vor.

»Wie, einfach aufhören? Schon nach zwei Wochen?«

»Warum nicht? Du kannst eine Behandlung jederzeit abbrechen. Du kannst sogar mitten in einer Sitzung aufstehen und gehen. Du musst auch keine Begründung dafür abgeben. Ida Bauer hat ihre Behandlung schon nach elf Wochen abgebrochen. Sie ist einfach gegangen.«

»Wer ist Ida Bauer?«

»Eine berühmte Patientin Sigmund Freuds, eher bekannt als Dora.«

»Kenn' ich nicht, noch nie gehört. Aber egal, ich kann das nicht, eine Behandlung schon gleich am Anfang abbrechen. Außerdem geht es mir nicht gut. Immer wenn ich versuche, nicht an Jutta zu denken, erinnert mich etwas an sie. Und wenn ich abends nach Hause komme und sie ist nicht da, fühle ich mich so richtig elend. Dass Jutta mich verlassen hat, kam wirklich überraschend für mich, musst du wissen. Ich hätte es nie für möglich gehalten, dass sie mir so etwas antut. Ist doch klar, dass mich das jetzt beschäftigt.«

Sedlmeier hatte das Bedürfnis zu reden, das war offensichtlich, und jetzt legte er erst richtig los, wie ein Windhund beim Öffnen der Startbox. »Er redet von Symptomen, denen ich auf den Grund gehen soll, nur weil ich ihm gesagt habe, dass ich, wenn ich eine Frau sehe, die mir gefällt, das Bedürfnis spüre, ihr hinterherzulaufen. Klar, wenn ein Psychiater das Wort Bedürfnis hört, läuten bei ihm alle Glocken und er will dann sofort alles wissen. Hätte ich doch bloß so etwas wie Wunsch gesagt, statt Bedürfnis, oder Anliegen, oder es wäre doch nett, wenn ... Es stimmt, manchmal drehe ich mich nach einer gutaussehenden Frau um, oder in einem Restaurant suche ich mir einen Tisch in der Nähe einer Frau, die mir gefällt. Nicht dass ich unbedingt mit ihr reden will. Gott nein, ich will nur in ihrer Nähe sein. Ist das denn *so* schlimm? Aber *er* behauptet, das sei ein Symptom einer problematischen Beziehung, die ich zu Frauen hätte. Aber ich habe doch gar keine Beziehung mit diesen Frauen. Ich spreche sie nicht einmal an. Für so etwas bin ich viel zu schüchtern. Und ich würde eine Frau doch nie im Leben belästigen.«

Hier machte er eine Pause und überlegte. Dann fügte er hinzu: »Und Jutta wäre das auch bestimmt aufgefallen, wenn ich mit einer anderen Frau etwas hätte. Glaub mir, als New-Age-Therapeutin hat sie ein Gespür für solche Dinge. Jemand wie sie, die jeden Tag einen frischen Blumenstrauß auf den Esstisch stellt und nur bei Kerzenschein ein Bad nimmt, würde merken, wenn ich ein unanständiges Interesse an Frauen hätte. Und Jutta hätte mir das auch nie durchgehen lassen.« Nach einer weiteren Denkpause sagte er: »Außerdem mögen es Frauen doch, wenn sie von einem Mann angesehen werden. Das kann man in jeder Frauenzeitschrift nachlesen. Wahnsinnsstudien machen sie, um herauszufinden, was Frauen alles tun, um begehrenswert zu erscheinen. Sie rennen zum Hairstylisten und ins Nagelstudio, und sie kaufen sich dauernd neue Klamotten. Die Buchläden sind voll von Ratgebern für Frauen, die einen Mann suchen. Frauen wollen begehrenswert sein, heißt es, aber *ich* soll hier der Böse sein und mich schlecht fühlen! Dieser Seelendoktor meint, die Tatsache, dass Jutta ausgezogen ist, könnte mit *mir* zusammenhängen. Aber das kann nicht sein, ich bin doch immer nett zu ihr gewesen.«

Und nun flossen die Tränen, oder zumindest hatte er wässrige Augen, soweit Arthur es in der gedämpften

Außenbeleuchtung der Terrasse sehen konnte. Sedlmeier war eine Weile ruhig, er ging in sich. Dann rieb er mit dem Handrücken die Augen und sagte: »Ich verstehe das nicht, wie kann sie mir so was antun? Normalerweise hauen Frauen doch nicht einfach so ab. Frauen wollen reden, sich erklären, sie wollen ihre Argumente loswerden. Und die, die nichts *sagen*, hinterlassen eine Nachricht auf dem Küchentisch, oder sie kleben einen Zettel an den Kühlschrank und schreiben, wo sie hingehen, zu einer Freundin oder zu den Eltern. Und sie lassen einen auch wissen, wie lange sie fortbleiben. So etwas sieht man doch in so vielen Filmen, wie sie demonstrativ ihre Lieblingssachen in einen Koffer stopfen und dabei ihren Mann anschreien. Sie schreien ihn sogar an, wenn er *nicht* neben ihnen steht und er sie gar nicht hören kann. Jutta aber hat nichts gesagt, sie war einfach weg. Ich kam an diesem Abend spät nach Hause und sie war einfach nicht mehr da. Keine Nachricht, kein Brief, auch keine anonymen Briefe von irgendeiner ihrer blöden Freundinnen, nichts. Zwei Koffer fehlten, und alle ihre Schlaftabletten und Vitaminpillen, ihr Ohropax, ihre Lieblingshandcreme und das ganze Schminkzeug, alles futsch. Ich meine, das ist doch nicht normal, bei einer Frau, mit der man seit zwei Jahren sein Leben teilt. Sie ist einfach gegangen, ohne mir was zu sagen. Erst drei Tage später hat sie mich angerufen, aber nur, um mir zu sagen, dass sie nicht vorhat zurückzukommen. Was kann ich denn da machen, wenn sie nicht einmal mit mir reden will, wo Kommunikation doch so wichtig ist?«

Arthur war sprachlos. Das war nicht der Bruno, wie er ihn vor ein paar Monaten kennengelernt hatte, selbstbewusst auftretend, ein Ph.D. Frischling, dem nichts wichtiger zu sein schien, als an der Weiterentwicklung einer noch jungen Privathochschule mitzuwirken. Der Mann ist mit den Nerven völlig fertig, dachte Arthur, so wie er auf der Terrassenbank sitzt und in sein Weinglas starrt. Was sollte er ihm jetzt antworten? Die Sache mit Humor angehen? Sei froh, dass sie dich nicht vergiftet hat, Bruno. Oder konstruktiven Rat anbieten? Überleg dir, was Jutta zu ihrem Auszug bewegt haben könnte, dann weißt du vielleicht, wie du mit ihr wieder in Kontakt treten könntest. Wenn du selbst nicht dahinterkommst, wird es dir sicherlich helfen, dich noch eine Weile mit diesem Psychiater zu unterhalten. Oder wenn er dir nicht passt, geh zu einem Psychologen. Er wird dir helfen, diese schlimme Zeit zu überwinden, bis du wieder du selbst bist. Falls Bruno auf konstruktiven Rat nicht anspricht, könnte er vielleicht doch etwas Humor einsetzen. Wenn du die Fragen eines Psychiaters nicht aushältst, geh zu einem Priester, du bist doch katholisch. Der wird dich daran erinnern, dass Leiden ein natürlicher Teil des Glaubens an Gott ist.

Irgendwie tat er ihm leid, doch er fragte sich auch, wie dieses Gejammer zu dem Mann passt, der in seiner Dissertation wissenschaftlich anspruchsvolle Themen untersuchte, der analytisch nüchtern der Frage nachging, mit welchen Strukturen John Rawls' Theorie der distributiven Gerechtigkeit als rationale Grundlage für ethisches

Handeln in einem postmodernen Unternehmen umgesetzt werden kann. Warum diese wässrigen Augen? War das Teil einer besonders rührenden Art der Selbstanklage, ein Zeichen des inneren Kampfes mit seinem Verständnis von Moral? Hatte der Psychiater etwas in ihm freigelegt, das ihn an den Teufel erinnert, der den nicht reuigen Sünder den Höllenqualen zuführt? Arthur fragte sich, ob er Sedlmeier als nur vorübergehend nervlich gebrochen sehen und ihm unter die Arme greifen sollte, oder ob er ihn als einen Menschen mit einer erschreckend unreifen Persönlichkeit betrachten sollte, als jemand, der ein paar Jahre bei einem Psychiater bestens aufgehoben wäre. Oder, nervlicher Zustand hin oder her, sollte er ihm die Leviten lesen? Bruno, hör zu, auch wenn es stimmen sollte, dass Frauen begehrt werden wollen, musst du es ausschließlich *ihnen* überlassen, ob sie von *dir* begehrt werden wollen.

Als Arthur ihn dabei beobachtete, wie er sich leise hüstelnd die Augen rieb, kam ihm der gefallene Clamans in den Sinn, den Camus in seinem Roman »Der Fall« beschreibt. Clamans ist ein Mensch, der »schon immer vor Eitelkeit beinahe platzte« und sich seinen »Mitmenschen gegenüber aller Verpflichtungen enthoben« fühlte, dann aber unter einer geradezu panischen Angst leidet, von ihnen ausgelacht zu werden. Von allen Seiten prasseln »Pfeile und Spötteleien« auf mich herunter, sagt Clamans und jammert wegen der Ungerechtigkeit, die ihm zuteilwird: »Und das ganze Weltall um mich herum begann zu lachen.« Clamans offenbart gegenüber einem Fremden seine niedrige Begierde nach Frauen auf eine Weise, die, so dachte Arthur, auf Sedlmeier zutreffen könnte. Clamans sagt: »Zuweilen glaubte ich sogar, wahrhaft zu leiden. Es genügte indessen, dass die Widerspenstige mich wirklich verließ – und schon vergaß ich sie mühelos, wie ich sie auch an meiner Seite vergaß, wenn sie sich im Gegenteil dazu entschlossen hatte, zu mir zurückzukehren. Nein, es war weder die Liebe noch der Großmut, die mich wachrüttelte, wenn ich Gefahr lief, verlassen zu werden: Es war einzig der Wunsch, geliebt zu sein und zu erhalten, was mir meiner Meinung nach gebührte.« Wenn Sedlmeier wie Clamans dachte, sagte sich Arthur, sollte er ihm nicht leidtun, sondern er sollte ihm tatsächlich die Leviten lesen, und das gehörig.

Sedlmeier wischte mit dem Hemdsärmel über sein Gesicht und sagte: »Der Psychiater fragte mich nach meiner Kindheit, ob ich irgendwelche Erinnerungen hätte, die mir zu schaffen machen, irgendetwas, das ich vielleicht unterdrücke. Und gestern fragte er mich, welche Art von Beziehung ich zu meiner Mutter hatte. Zuerst dachte ich, was soll das, ich bin dreißig Jahre alt, ich habe auf dem zweiten Bildungsweg das Abitur gemacht und dann studiert und sogar eine dreihundertsiebzehn Seiten lange Dissertation mit einer vierundzwanzig Seiten langen Literaturliste geschrieben. Das zeigt doch, dass ich Motivation und Durchsetzungsvermögen besitze und dass ich etwas leisten kann, wenn's draufankommt, oder nicht? Ich stehe auf eigenen Füßen, meine Mutter ist längst aus meinem Blickfeld verschwunden, und jetzt soll ich ein gestörtes Verhältnis zu ihr gehabt haben? Und überhaupt, was hat meine Mutter mit Jutta zu tun? Ich wette, das ist auch so eine Masche von Psychiatern, die alles Mögliche in der Kindheit ihres Patienten suchen, nur weil ich ihm gesagt habe, dass ich meiner Mutter einmal davongelaufen bin, als ich fünf war. Aber das war eine Ausnahmesituation gewesen. Ich habe immer ein gutes Verhältnis zu ihr gehabt. Ich meine, ich *weiß*, dass wir uns sehr nahe waren. Worte können gar nicht ausdrücken, was für ein Schatz ich für meine Mutter war. Meine Mutter war es, die mir meine Ideale beibrachte. Das war nicht irgendjemand in unserer Nachbarschaft oder ein Lehrer, das war meine Mutter. Wäre sie nicht gewesen, wer weiß, ob ich so verantwortungsbewusst geworden wäre. Der Psychiater sagt, ich soll ehrlich mit mir sein. Aber das genau bin ich doch, ich *bin* ehrlich. Warum würde es mir denn sonst so zu schaffen machen, dass Jutta nicht mehr bei mir ist, wenn ich nicht diese Ehrlichkeit mir selbst gegenüber hätte? Und wäre ich nicht so ehrlich, würde ich dir das gar nicht erzählen. Und ich wäre doch im Leben nie zu einem Psychiater gegangen, zu einem Mann, der sich anmaßt, mir ein Problem mit Frauen zu unterstellen. Und das habe ich jetzt davon.«

Sedlmeier schlug die Hände vor sein Gesicht und es sah so aus, als würde er mit den Tränen kämpfen, doch dann klopfte er sich auf die Schenkel und sagte mit fester Stimme: »Außerdem war es umgekehrt. Jutta war es, die mich verlassen hat. Das habe ich ihm gesagt, aber das scheint ihn gar nicht zu interessieren. Ich bin nicht einer, der seinen Ehepartner einfach im Stich lässt. Jutta ist die, die gegangen ist, nicht ich, obwohl ich sehr wohl Gründe gehabt hätte, sie hinauszuwerfen. Glaub mir, sie ist nicht immer so einfach, besonders wenn sie wieder mal auf ihrem Selbstverwirklichungstrip ist. Ich verstehe ja, dass sie sich selbstverwirklichen will. Wer will das nicht? Aber bei ihrer Sorte Selbstverwirklichungsprojekte kann man sich nur an den Kopf fassen. Dieser Psychiater will das einfach nicht kapieren. Er hämmert auf mir herum, als ob ich Jutta jemals verboten hätte, das Badezimmer mit Duftkerzen voll zu stellen.«

Arthur wusste nicht, was er darauf antworten sollte. Sein junger Kollege bot ihm gerade ein sehr unbehagliches Bild. Ihn jetzt mit detaillierten Fragen zu bedrängen, wäre wahrscheinlich nicht angebracht, und eine Meinung über Juttas Verhalten abzugeben, wäre gleichermaßen unpassend. Er hatte sie noch nie getroffen, und schon allein deshalb konnte er keine Meinung über sie haben. Er könnte Bruno vielleicht etwas über die neueste Forschung zur Vorgeschichte einer Scheidung erzählen. Erst neulich hatte er eine Studie gelesen, die ein paar überraschende Befunde zu Tage brachte. Eine Diskussion darüber würde Brunos Empfindlichkeiten vielleicht in ein anderes, in ein rationaleres Licht rücken und ihn etwas beruhigen, doch in diesem Moment von Studien zum Thema Scheidung zu reden und seinen Schmerz sozusagen zu verwissenschaftlichen, würde er womöglich als Verharmlosung seiner persönlichen Situation auffassen.

Was Arthur schließlich zu ihm sagte, war etwas eher Unverfängliches, etwas, von dem er hoffte, es würde ihn beruhigen. »Dass Psychiater die Kindheit als den Nährboden für alles Leid betrachten, sollte dich nicht überraschen, Bruno. Das gehört zu ihrem Metier. Gib ihm doch noch etwas Zeit, damit er herausfinden kann, wie er dir helfen kann, mit deinem Kummer fertig zu werden. Auch Psychiater wissen nicht alles, jedenfalls nicht auf Anhieb. Sie gehören zu der Sorte Mensch, die schon von Berufs wegen Zweifel haben müssen. Sie können sich nie sicher sein, dass das, was der Patient ihnen erzählt, der Wahrheit entspricht. Mir geht es in meiner Beratertätigkeit auch nicht viel anders. Was ich in meiner Arbeit immer wieder aufs Neue lernen muss, ist, wie wenig ich doch im Grunde weiß. Wenn dieser Psychiater so hart auf dir wegen deiner Beziehung zu deiner Mutter oder deiner Frau herumhackt, würde ich das erst mal so stehen lassen. Du musst ihm ja nicht unbedingt zustimmen. Irgendwann wird er schon sehen, dass du eigentlich ein netter Typ bist.« Letzteres sagte Arthur mehr, um ihn etwas aufzuheitern, nicht weil er der Überzeugung war, Sedlmeier sei ein Mensch, der in seinem Beziehungsleben mit Frauen immer nur an die Moral denkt.

Der beschwichtigende Ton, mit dem Arthur das alles sagte, hatte zur Folge, dass Sedlmeier sich in den verbleibenden Minuten, bis Brigitte sie zum Abendessen ins Haus rief, weitgehend beruhigte. Doch seine Stimmung schlug sofort wieder um, als Brigitte gleich zu Beginn des Essens nach seiner Frau fragte, ob es ihr gut gehe. Er zuckte mit den Schultern und sagte: »Das weiß ich nicht. Um ehrlich zu sein, ich weiß nicht einmal, wo sie steckt. Aber wenn es Ihnen nichts ausmacht, ich möchte jetzt eigentlich nicht darüber reden.«

Doch schon wenige Minuten später begann er von seiner verschwundenen Jutta zu sprechen, ohne dass man ihn hätte unterbrechen können. Er erzählte von ihrer Herkunft aus einer protestantischen Familie und von ihren Eltern, die ihn wegen seiner katholischen Erziehung in einer tiefkatholischen Ecke Niederbayerns hänselten. Sie machten das Kreuz mit der linken statt der rechten Hand, und dann auch noch in der falschen Richtung, und das nur um ihn zu ärgern. Wenn er ihre Eltern in Oldenburg besuchte, machten sie Witze über ihn. Sie machten sich über seinen Geburtsort lustig, nannten die Politik in Niederbayern »rabenschwarz« und wollten wissen, ob alle Kirchenleute »bei euch Ratzinger heißen«. Diese Sticheleien seien immer sehr schmerzhaft für ihn gewesen, sagte er, und was das alles noch schlimmer gemacht habe, sei Juttas Verhalten während dieser Elternbesuche. Sie habe ihn gegenüber ihren Eltern »nie richtig verteidigt«. Sie habe sogar gelacht, wenn ihre Eltern Witze über seine Herkunft machten. »Zwei Jahre habe ich so mit ihr zusammengelebt, wo ich doch eine Ehe wollte, die unserem Leben Ordnung gibt, mit allem, was dazugehört, Vertrautheit, Ehrlichkeit, Verlässlichkeit. Dann verschwindet sie einfach, quasi über Nacht und ohne das vorher mit mir zu besprechen. Wieso tut sie das, wo sie doch früher gesagt hat, wie sehr sie an mir hängt?«

Vor wenigen Minuten noch hatte Bruno sich als gedemütigtes Unschuldslamm präsentiert, als ein aus heiterem Himmel verlassener Ehemann, der nicht verstehen kann, warum ein Psychiater ihm Frauenfeindlichkeit unterstellt und dann auch noch seine Mutter in die Sache hineinzieht. Tränen waren geflossen, doch jetzt ballte er die Faust, als er von seiner Frau sprach und kein gutes Haar an ihr ließ, an der Frau, mit der angeblich am Anfang die »Chemie stimmte«. Während des gesamten Abendessens redete er von ihr, wie sehr sie sich mit der Zeit verändert hatte, bis zu dem Punkt, wo sie ihn »wie ein Kind« behandelte und an ihm wegen jeder Kleinigkeit herumnörgelte.

Brigitte und Arthur ließen ihn reden und stellten ihm keine Fragen, die ihn vielleicht zum Nachdenken über sich selbst gebracht hätten. Brigitte warf Arthur gelegentlich einen Blick zu, der Entsetzen und zugleich Belustigung ausdrückte. Hilfe, ein verwirrter Geist mit Doktorgrad, sagte dieser Blick. Und Arthur antwortete ihr mit einem Augenzwinkern, was so viel sagte wie, die Frau ist weg, aber jetzt hat er wenigstens einen Psychiater, der sich um ihn kümmert. Brigitte äußerte sich später an diesem Abend, nachdem Sedlmeier gegangen war, empört über die Art und Weise, wie er über seine Frau gesprochen hatte. Was er über sie gesagt habe, sei für sie nicht zu ertragen gewesen. Aus seinen Worten spreche Seelenschmerz und dafür täte er ihr leid, aber nur dafür, und nicht für seine Unreife, so wie er mit seinem Schmerz umgehe. Er versuche, seine Situation mit narzisstischen

Abwehrmechanismen zu bereinigen, was sich bei ihm, einem akademisch gebildeten Menschen, recht kindisch anhöre und zudem kein gutes Licht auf sein Moralempfinden werfe. Dass sein Gang zu einem Psychiater bei Jutta Reuegefühle hervorrufen könnte, möge für ihn ein angenehmer Gedanke sein, für viele Frauen aber wäre dies bei einem Menschen wie ihm eine unwürdige Vorstellung. Wenn Sedlmeier für sie, Brigitte, interessant sei, dann nur deshalb, weil er nicht den geringsten Einblick in die eigene Psyche habe, und das sei doch sehr seltsam bei einem Assistenzprofessor, der eigentlich zur Selbstkritik fähig sein sollte und der dazu auch noch Sozialpsychologie studiert hatte und sich in seiner Forschungsarbeit mit Themen befasst, bei denen es um Ethik und Moral geht.

Es wäre vielleicht interessant, Jutta einmal kennenzulernen, sagte Brigitte, aber diesen Gedanken verwarf sie sofort wieder. Dieses »Sedlmeier Drama«, wie sie es nannte, sei eins dieser Theaterstücke, bei denen sie schon in der Pause nach Hause gehen würde. Dieser Abend mit Sedlmeier habe ihr gereicht, sie habe keine Lust, ihn wiederzusehen. »Dein Bruno ist ein Idiot, das muss ich dir leider so sagen«, spöttelte sie. »Ein Psychiater wird sich bei ihm die Zähne ausbeißen. Ich bin mir auch nicht sicher, ob eine Ladung Psychopharmakon ihm helfen würde. Eher ein Schlag auf den Kopf. Dein Bruno gehört zu der Sorte Männer, über die man auf einer Damenparty im besten Fall Witze macht. Und der größte Witz ist, dass *du* ihn geheuert hast.«

***

Arthur saß zusammen mit Horowitz beim Lunch in der Cafeteria der Hochschule, die nun Herrenberg Institute of Technology hieß. Es war eine Gelegenheit, Horowitz über die Person Assmann auszufragen. Er wollte von ihm wissen, wie es dazu gekommen war, dass man gerade *diesen* Mann als Geschäftsführer heuerte, jemand, der in seinem Fachbereich keine Leuchtraketen in den Wissenschaftshimmel geschossen hatte, wie Horowitz einmal selbst gesagt hatte. Und warum brauchte man überhaupt einen neuen Geschäftsführer? Hatte Horowitz so schlechte Arbeit geleistet, dass man ihm die Leitung der Hochschule weggenommen hatte?

Horowitz hatte sich in Arthurs Vorstellungsgesprächen als Wissenschaftler ausgegeben, aber das hieß nicht, dass er kein Auge für das Geschäftliche hatte. Er hatte den Beschluss des Verwaltungsrats verteidigt, mit der ersten Kohorte der Studienbewerber und, wenn nötig, auch mit den nachfolgenden Kohorten bei den Zulassungskriterien sehr großzügig zu verfahren. Als Neugründung solle die Hochschule keine zu hohen Ansprüche an die Studierenden stellen. »Lieber vierzig schlechte Studenten als nur vier gute Studenten, und am Ende dann gar keine mehr«, hatte er zu Arthur gesagt. Bei einer Privathochschule, die im Wettbewerb mit gebührenfreien staatlichen Hochschulen stehe, seien die finanziellen Zwänge in den ersten paar Jahren nach der Gründung nicht viel anders als in einem jungen Unternehmen, das ein neues Produkt für einen kleinen Kundenkreis herstelle. Als Leiter einer Privathochschule müsse er bei den Zulassungskriterien Abstriche machen, so weh ihm das in manchen Fällen auch tue. Jede Hochschule habe eine Anlaufphase, in der man bei den Standards großzügig verfahren müsse. Auch das MIT sei nicht über Nacht berühmt geworden.

Arthur dachte an das, was Horowitz damals über die Herausforderungen in der Gründungsphase einer Hochschule gesagt hatte, als er ihn jetzt darauf hinwies, dass unter seinen Studenten nicht wenige seien, die besser bedient wären, wenn sie eine kaufmännische Lehre in einem Unternehmen machen würden, statt sich mit endlosen Theoriedebatten an einer Hochschule, die sich als das »schwäbische MIT« bezeichnet, herumzuschlagen. »Im Grunde hätte man die Hälfte unserer Studenten nicht zulassen sollen«, sagte er zu Horowitz. «Den Leuten fehlt die Qualifikation für ein anspruchsvolles Studium.«

»Mag sein, aber jetzt sind sie nun mal da«, erwiderte Horowitz. »Und die Strukturen sind jetzt festgefahren. Du weißt ja, was in einer solchen Situation normalerweise passiert.«

»Ich weiß, wenn Strukturen festgefahren sind, greift man gern zu symbolischen Mitteln. Schau dir nur an, was Assmann macht. Er hat dieser Einrichtung einen neuen Namen gegeben.«

Horowitz lachte. »Symbolik vom Feinsten, würde ich sagen. Die neuen Flyer mit HIT im Logo sind schon im Druck.«

»Ich halte nicht viel von Symbolik«, erwiderte Arthur, »und von dieser Assmann Symbolik schon gar nichts. Was Assmann macht, dient nur der Täuschung. Aber wenn man ein S vor HIT setzt, wäre die Sache schon anders. Dann hießen wir SHIT statt HIT, und damit wäre man wenigstens ehrlich.«

Horowitz zog die Augenbrauen nach oben. »Wie meinst du das, ehrlich?«

»Ich denke, das würde eher den Tatsachen entsprechen. Schau dir doch unsere niedrigen Zulassungskriterien an und die vielen schlecht qualifizierten Studenten, die wir damit anziehen. Bald heißt es, *shit* rein, *shit* raus.«

Horowitz schielte zu den Nachbartischen hinüber. Herr Kienzle, der Multimediaspezialist im Haus, der am nächsten saß, war in seine Zeitung vertieft, und die zwei Studenten, die gerade um die Ecke schlichen, waren mit der Suche nach einem passenden Tisch beschäftigt.

Arthur fuhr fort: »Assmann verlangt von mir, dass ich mit meinen Studenten Motivationsspielchen mache. Lernen soll Spaß machen, sagt er. Dabei gibt es doch so viele Möglichkeiten, schon allein mit seinem HIT Akronym Spaß zu haben. Man muss auch kein Legastheniker sein, um aus HIT SHIT zu machen, wenn man mit dieser Anstalt Probleme hat.«

Arthur hatte in seiner Zeit in den USA Studenten kennengelernt, die schnell zur Sache kommen, wenn ihnen etwas nicht passt. Das Wort *shit* spielt dabei in allen seinen Variationen eine zentrale Rolle. Die Studenten lassen sich darüber aus, wer von den *shitheads* unter ihnen bei welchem *shitty* Professor« die *shittiest* Noten bekommt. Der eine bezeichnet das, was ein Dozent in seinem Kurs von sich gibt, als *a crock of shit.* Einen anderen lässt sein eigenes Versagen im Kurs völlig kalt. Ist mir egal, sagt die Niete. Ich kann's nicht ändern, *tough shit.*

»Und er besteht darauf, dass ich ihn mit seinem vollen Titel anspreche«, sagte Arthur. »Das ist ihm furchtbar wichtig. Würde er anständiges Englisch können, könnte er mir mit den passenden Worten drohen. Er könnte zum Beispiel sagen: ›*Call me professor, or I'll beat the shit out of you.*‹ Das würde mich sogar noch beeindrucken.«

Horowitz lachte. »Sehr witzig. Stimmt das, will er tatsächlich, dass du ihn mit seinem Titel anredest?«

»Ja. Respekt soll ich vor ihm haben. *Scared shitless* soll ich sein.«

»Und bist du das, *scared shitless*?«

»Ach was! Der Mann ist ein *dumbshit.* Warum soll ich Angst vor so einem Typ haben? Ich versuche, das leicht zu nehmen. Der Amerikaner würde sagen: *So what! Shit happens!*«

Horowitz lachte herzhaft und noch lauter als vorher. »Arthur, einfach köstlich. Hast du noch mehr solche Sprüche auf Lager?«

»Jede Menge. Du brauchst dich nur mal umzuhören auf einem amerikanischen College. Da gibt es unzählige Möglichkeiten, *shit* Witze über Assmanns HIT Laden zu machen. Das sollte ich ihm vielleicht mal sagen. Und das wäre doch auch ein Thema für unseren Verwaltungsrat. Vielleicht kann ich dort mal vorstellig werden.«

Horowitz wartete eine Weile und lächelte ihn vielsagend an, bevor er antwortete: »Bei denen wirst du kein Gehör finden. Im Verwaltungsrat sitzen nur Grashalmidioten. Die haben von den Herausforderungen in der Leitung einer Hochschule überhaupt keine Ahnung, sie tun aber so, als seien sie schon mal Kanzler einer Universität gewesen.«

Er erzählte von einem Gespräch, das er vor nicht langer Zeit mit dem Inhaber der Dätsch Wärmetechnik GmbH und Mitglied im Gründerverein des HIT geführt habe. Er habe vergeblich versucht, ihm klarzumachen, dass eine Hochschule einen stabilen Kern von fest angestellten Professoren benötige und dass mit »Leiharbeiterprofessoren«, wie Horowitz die an den umliegenden Universitäten und Fachhochschulen hauptamtlich angestellten Professoren abfällig nannte, kein Staat zu machen sei. »Dieser Dätsch gehört zu der Affenart, die im Zoo nichts anderes tun, als sich am Hintern zu kratzen.«

Diesmal war es Arthur, der laut lachte. Horowitz hatte ihm gegenüber noch nie so abfällig über die Leute im Verwaltungsrat geredet. Er hatte sie bis dahin als »meschugge« bezeichnet, aber niemals als Affen. »Mit anderen Worten, der Verwaltungsrat *can't get its shit together*«, sagte Arthur.

»Du kannst dir gar nicht vorstellen, wie recht du hast. Diese Leute träumen, wenn sie meinen, sie könnten … wenn sie … Na ja, ich könnte dir jetzt einiges erzählen. Vielleicht werde ich das auch irgendwann einmal tun. Der Laden hier geht sowieso den Bach runter.«

»Wieso, wie meinst du das, den Bach runter?«

»Genauso wie ich es sage, den Bach runter, den Geist aufgeben, abdanken, vor die Hunde gehen, Vorhang runter, und zwar schneller als du ein paar Maultaschen verdrücken kannst.« Horowitz erklärte ihm nun die finanziellen Probleme dieser Hochschule. Die Gründer hätten sich bei der Finanzplanung gehörig verrechnet, aufgrund von Annahmen zur Entwicklung der Studentenzahlen, die völlig aus der Luft gegriffen waren. Die Ressourcenausstattung sei ebenfalls nicht gesichert, der Kapitalstock sei zu dürftig und die Firmen seien nicht bereit, Geld nachzuschießen. Und auch die Personalkosten seien zu hoch. Man habe zu viele von diesen Leiharbeiterprofessoren eingestellt, die sich auf die Schnelle ein Zubrot verdienen wollen, aber ansonsten kein Interesse hätten, sich am HIT zu engagieren. »Und vor allem haben wir zu wenig Studenten.«

»Du meinst, zu wenig *qualifizierte* Studenten.«

»Und zu wenig Studenten, die die zweite Rate der Studiengebühren zahlen. Die Möglichkeit, dass manche Studenten die vollen Gebühren nicht zahlen, haben die Herren im Verwaltungsrat nicht bedacht. Die glaubten, Studenten, die aus dem Dschungel Burmas kommen, haben die gleiche Zahlungsmoral wie Studenten aus dem bürgerlichen Viertel Kopenhagens. Dabei steht es selbst im Verwaltungsrat mit der Zahlungsmoral nicht gerade zum Besten. Anfangs war es Dummheit gepaart mit Selbstüberschätzung, und jetzt will sich jeder von denen mit den lächerlichsten Vorwänden aus dem Schlamassel herausreden. Wenn du wüsstest, was in diesen Sitzungen seit einiger Zeit alles abgeht! Eigentlich sollte ich damit an die Presse gehen.«

»Die Leute im Verwaltungsrat würde dir das bestimmt übelnehmen.«

»Umbringen würden die mich! Deine Ami-Studenten würden sagen, der Horowitz *is in deep shit*.«

Horowitz hatte gerade über die Konstruktionsfehler dieser Hochschule geredet, als wäre Arthur von Anfang an in die Problematik eingeweiht gewesen. Das Gegenteil war der Fall gewesen. Als er das erste Mal mit Horowitz über eine Gastprofessorenstelle gesprochen hatte, war von einer finanziell gesicherten Hochschule die Rede gewesen. Horowitz hatte von Gründerfirmen erzählt, deren Inhaber sich mit ihrem persönlichen Ruf für das Gelingen dieser Einrichtung einsetzten.

»Warum hast du mir das alles nicht gesagt, als du mir den Vertrag angeboten hast?«, fragte Arthur. »Als ich dich damals nach den Zukunftsaussichten dieser Einrichtung fragte, sagtest du, alles sehe blendend aus. Das HMT sei auf dem besten Weg, zum schwäbischen MIT zu werden. Diese Hochschule sei ein Magnet für ausländische Studenten, hast du gesagt. Genau das waren deine Worte.«

»Da war die Lage nicht so brisant wie heute, und ich wusste auch nicht alles.« Es klang so, als hätte er gesagt: Du bist nicht der Einzige, der hinters Licht geführt wurde. Er starrte auf sein Bierglas, das er hin und her schob. Dann sagte er: »Kannst du dich erinnern, was ich dich bei unserer ersten Begegnung gefragt habe? Ich wollte wissen, ob du dich als Wissenschaftler siehst und wie du als Unternehmensberater an die Suche nach Wahrheit herangehst?«

»Ja, und ich erklärte dir meinen Ansatz. Und jetzt frage ich *dich*: Wie gehst *du* an die Wahrheit heran?«

Horowitz begegnete dieser Frage, indem er sich zuerst seinen zwei Saitenwürsten widmete, die er bis zu diesem Zeitpunkt noch nicht angefasst hatte. Er drehte den Teller um die halbe Achse, bevor er eines der zwei Würstchen in sechs exakt gleich große Stücke schnitt. Er betrachtete das Ergebnis dieser Aktion und sagte dann: »Du sagtest, die Wissenschaft sei in deinem Blut, die Wissenschaft sei für dich die einzige Methode, der Wahrheit auf den Grund zu gehen. Aber auch da müsse man vorsichtig sein, auch die Wissenschaft habe etwas Mythisches an sich, auch die Wissenschaft fabriziere oft Mythen, wenn es darum geht, Hypothesen in ein neues Licht zu werfen. Man solle Wahrheit nicht mit Realität verwechseln. Eine wichtige Unterscheidung, finde ich. Wir haben das eine Zeit lang diskutiert.«

Arthur dachte an die Zeitungsausschnitte, die Horowitz ihm gezeigt hatte. In diesen Zeitungsartikeln war die Gründung des HMT wie eine Heilsbringung für die Wirtschaft in der Region gefeiert worden. Es war von einem harten Wettbewerb unter den Städten im Ländle die Rede gewesen. Ein halbes Dutzend Städte rissen sich darum, Standort für die neue Hochschule zu werden. Der unbedarfte Leser dieser Artikel musste glauben, dass dieser Wettbewerb der Beweis dafür sei, dass eine weitgehend international orientierte Privathochschule im Stuttgarter Raum eine grandiose Zukunft haben würde. Man sprach vom HMT als »Plus für die regionale Wirtschaft«, als »Standortfaktor mit riesigem Wachstumspotential« und als »Glücksfall für unsere Bildungslandschaft«. Horowitz hatte Arthur mit diesen Zeitungsberichten davon überzeugen wollen, dass auch er eine rosige Zukunft haben würde, wenn auf seinem Lebenslauf stünde, er habe als Gastprofessor an einer angesehenen Hochschule in einer der wirtschaftsstärksten Regionen Europas gearbeitet. Und jetzt wollte Horowitz über den Unterschied zwischen Wahrheit und Realität reden!

»Du sprachst von Wahrheit als etwas Konstruiertem«, fuhr Horowitz fort. »Ich habe neulich dein Buch zu Ende gelesen. So wie du als Unternehmensberater an die Sache herangehst, sollte man es auch hier tun. Immer nachfragen, nichts beschönigen, und vor allen Dingen sollte man mit diesen dummen Plattitüden aufräumen.«

»Ich betone in meinem Buch auch, dass die Informationen, zu denen man Zugang hat, immer vorläufig, irrtumsanfällig und revidierbedürftig sind.«

„Ja, ich weiß, du bist ein sehr kritischer Mensch, Arthur. Mein Glückwunsch! Aber ob deine kritische Einstellung dir auch hier einmal zugutekommen wird, weiß ich nicht.« Horowitz stach mit der Gabel in eines der abgeschnittenen Wurststücke und fügte hinzu: »Je nachdem, wer deine Gegner sind und wie sie gegen dich vorgehen.«

»Wieso Gegner, welche Gegner soll ich denn haben?«

»Jeder Mensch hat Gegner, nur weiß man nie so genau, wer sich einmal als Gegner entpuppen könnte und wann genau er zuschlägt.«

»Dann, *when the shit hits the fan*, würde ich sagen.«

Horowitz grinste gequält, sagte aber nichts. Er streifte das Stück Wurst von seiner Gabel und schaufelte eine kleine Menge Kartoffelsalat auf seine Gabel, machte aber keine Anstalten, die Gabel zum Mund zu führen. Er dachte eine Weile nach, dann nahm er einen Schluck aus seinem Bierglas und sagte: »Aber du weißt nicht, *wann* die Situation so schlimm ist, dass etwas passieren muss. Ich will nur sagen, pass auf, die Wahrheit ist etwas Schönes, aber sie kann einen auch umbringen. Ich denke, wir sind jetzt an einem Punkt angelangt, an dem es für uns beide um etwas mehr geht als nur die Wissenschaft.«

Arthur hatte in seiner ersten Begegnung mit Horowitz von seinen Erfahrungen als Unternehmensberater in Bamberg erzählt. Er hoffe, in der Stuttgarter Gegend von einem mental anders gestrickten Kundenstamm als dem, mit dem er es bei den Franken zu tun gehabt hatte, neue Impulse für seine Beratungsarbeit zu bekommen. Er arbeite am liebsten mit Klienten, die nicht mechanisch das nachahmen, was ihnen in Management Bestsellerbüchern in den dort vorgestellten Fallgeschichten vermeintlich erfolgreicher Unternehmen vorgegaukelt wird, ohne zu fragen, ob die in diesen Fallgeschichten beschriebenen Umstände auf ihr Unternehmen überhaupt zutreffen. Er habe sich am HMT beworben, weil er eine Möglichkeit suche, sich mit Wissenschaftlern über Forschung auszutauschen, um auf diese Weise vielleicht auch neue Beratungskonzepte zu erarbeiten.

Horowitz hatte ihm gesagt, dass das HMT der richtige Ort sei, wissenschaftlich zu arbeiten, in einer Gegend, die hervorragend bestückt sei mit Hightech-Unternehmen, die gute Verbindungen zu Unternehmen in allen Herren Länder hätten. Er selbst sei an dieser Hochschule, weil er sich als Kosmopolit sehe und gern mit internationalen Studenten zusammenarbeite. Horowitz war Geschichtswissenschaftler und ein begeisterter Verfechter der deutsch-polnischen Aussöhnung im Rahmen des europäischen Einigungsprozesses. Sein Einsatz in dieser Sache war für ihn ein persönliches Anliegen, weil seine Großeltern aus Lódz stammten. Einen Teil seiner Studienzeit hatte er in Warschau verbracht, wo er osteuropäische Geschichte studierte und eine Dissertation über die Geschichte der Juden in Polen schrieb, in der er sich mit den gesellschaftsstrukturellen Auswirkungen der massenhaften Aneignung der von geflohenen Juden zurückgelassenen Besitztümer befasste. Er hatte auch ein Buch über die Hintergründe der »Antizionistischen Kampagne« in Polen in den Jahren 1967 und 1968 geschrieben. Bei den »ewig Hirnverbrannten« sei er mit seinen Arbeiten ziemlich angeeckt, sagte er, aber das sei nun mal ein unausweichlicher Nebeneffekt in den Geschichtswissenschaften, mit dem man leben müsse.

Er würde liebend gern mehr Studenten aus osteuropäischen Ländern am HMT haben, hatte er gesagt. Die

Rekrutierung laufe noch sehr schleppend, aber für die Zukunft sei er zuversichtlich. Die Vergabe von Stipendien würde dabei sehr hilfreich sein, und eine seiner Aufgaben als Leiter der Hochschule sei es, Geld von den Unternehmern im Raum Stuttgart einzusammeln. Als jemand, der in Plochingen aufgewachsen sei, sei er der richtige Mann für diese Aufgabe, die vor allem eine Aufgabe der Kommunikation sei. Er könne »sauguat Schwäbisch schwätza«, wenn er die hiesigen Unternehmer von etwas überzeugen müsse, das Geld koste. Mit komplizierten Geldangelegenheiten kenne er sich bestens aus, hatte er gesagt. Dieses Talent sei in seinem jüdischen Erbgut verankert, aber das müsse er nicht jedem auf die Nase binden.

»Was meinst du mit ›Bei uns geht es jetzt um etwas mehr als nur die Wissenschaft‹?«, fragte Arthur. »Was soll das heißen?«

Horowitz griff zur Gabel und erwiderte: »Einen Moment, ich muss jetzt unbedingt was essen. Du kannst ruhig deine Linsensuppe kalt werden lassen, aber ich habe Hunger.«

Arthur hatte schon vor zehn Minuten den Appetit verloren. Von seiner Suppe hatte er nur kurz gekostet. Er schob seinen Teller zur Seite und sah Horowitz zu, wie er seine Doppelportion Kartoffelsalat verdrückte. Die Würstchen ließ Horowitz liegen, und Arthur war schon drauf und dran, seine Frage zu wiederholen, als Horowitz schließlich sagte: »Ich will jetzt nicht über wissenschaftliches Zeug reden. Es gibt am HIT, oder am SHIT, wie du diesen Laden so schön nennst, genug anderes Material, für das man sich interessieren sollte.«

Arthur dachte an Assmann. Ob er etwas im Schilde führt, von dem Horowitz weiß? Er spürte, wie sein Nacken sich verkrampfte und seine Schläfe zu brennen begann. Er schloss die Augen und versuchte, langsam und tief zu atmen. Als er die Augen wieder öffnete, fuhr Horowitz fort: »Ein langweiliges Logo, kindische Werbesprüche, lächerlich niedrige Zulassungskriterien, das sind alles Kleinigkeiten im Vergleich zu dem, was hier abgeht. Das geht mir selbst alles an den Kragen, aber ich weiß nicht, ob es sich lohnt, sich so aufzuregen, dass einem die Luft wegbleibt. Die Dinge nehmen ihren Lauf, beziehungsweise der Verwaltungsrat wird irgendwann ... oder vielleicht schon morgen, wer weiß. Ich sage immer, die Hoffnung stirbt zuletzt, doch in diesem Fall würde ich eher … Na ja, wir werden sehen.« Horowitz blickte gedankenverloren auf seinen Teller, während er mit der Handfläche ein paar Mal über die Stirn rieb.

»Jetzt sag mir doch endlich, was hier vor sich geht«, drängte Arthur. »Ich werde schon nicht umfallen.«

Horowitz drehte sich nach dem Tisch um, an dem Herr Kienzle saß und an dem vor wenigen Minuten auch die IT-Spezialistin im Haus Platz genommen hatte, und sagte in einem Tonfall, der für Arthur nichts Gutes erahnen ließ: »An deiner Stelle würde ich mich erst mal ruhig verhalten. Du kannst dir gar nicht vorstellen, was die tun werden, wenn bekannt wird, dass es hier seit einiger Zeit ...« Er zögerte kurz, und dann sagte er so leise, dass er sich zu Arthur hindrehen musste, um sicher zu sein, dass Arthur ihn hörte: »Ich will dir jetzt nichts einreden, du wirst bald selber dahinterkommen.«

Auf dem Weg zurück zu seinem Büro dachte Arthur an einen Satz in Camus' Roman »Der Fall«, den er sich als Abiturient eingeprägt hatte: »Man ist frei und muss schauen, wie man sich aus der Affäre zieht.«

***

Am Montag der übernächsten Woche erhielt Arthur eine Vorladung zu einem Gespräch mit Assmann. Die Vorladung war von Andrea übermittelt und hörte sich an wie eine Bestellung zum Rapport. »Er will Sie sehen, in seinem Büro, Punkt neun Uhr.«

»Ich hätte gern gewusst, wie Sie Ihre Position hier als befristet Angestellter sehen«, begann Assmann.

Arthur bemühte sich, souverän gelassen zu wirken, auch wenn er innerlich zitterte. »Nun, ich würde sagen, als Angestellter bin ich ein Teil dieser Organisation, genauso wie auch Sie ein Teil dieser Einrichtung sind, mit dem Unterschied, dass ich den Studenten neues Wissen vermittele, während Sie als Leiter sich um die Bereitstellung der Ressourcen kümmern, die ich benötige, um meine Aufgaben erledigen zu können.«

Assmann sah ihn an mit einem Blick, der nicht verriet, ob er sich von Arthurs Antwort geehrt oder auf den Arm genommen fühlte. Es dauerte ein paar Sekunden, bis er die Nachfrage stellte. »Ich sehe schon, ich muss meine

Frage für Sie anders formulieren. Was ich wissen möchte, ist, wie Sie zur Notwendigkeit der Umstrukturierung dieser Hochschule stehen. Verstehen Sie, warum man eine klare Struktur braucht?«

»Natürlich. Eine klare Struktur hat Vorteile, die so klar sind, dass man sie nicht übersehen kann. Eine Organisation braucht nicht nur Struktur, sie *ist* Struktur.«

Assmann schien erstaunt über Arthurs offensichtliche Bereitschaft, ihm zuzustimmen. »Das ist richtig, aber vergessen Sie auch nicht, eine Struktur kommt nicht ohne Strategie aus. Eine Struktur ohne Strategie hat keinen Wert. Wenn ich sage, die Strategie kommt zuerst, dann meine ich, dass ich immer und in allen Belangen strategisch denke. Wenn jemand zu mir sagt, er wisse nicht, was strategisches Denken bedeutet, kann ich ihm das erklären, aber ich kann ihn auch auf den Duden verweisen. Da stehen Worte wie weitsichtig, methodisch, geschickt und intelligent. Und genau das meine ich, wenn ich sage, dass ich strategisch kluge und strategisch gut überlegte strukturelle Veränderungen durchführen werde, um eine Struktur in dieser Hochschule zu schaffen, die der Strategie entspricht, die, wie ich schon sagte, strategisch klug durchdacht ist. Und dafür braucht man …«

»Viel Intelligenz«, unterbrach Arthur.

»Nicht nur das. Man braucht vor allem *strategische* Intelligenz. Das muss Ihnen klar sein, wenn ich sage, dass hier vieles überflüssig ist und nur Kosten verursacht. Die großzügigen Gehälter, die Büros, die so groß sind, dass man vier Schreibtische nebeneinanderstellen könnte, die

Unterstützung für jeden der Professoren durch eine eigene Bürokraft, das alles wird es hier nicht mehr geben. Außerdem, und das ist mir ein besonderes Anliegen, brauchen wir mehr Studenten.« Er korrigierte sich: »Mehr Studierende.«

»Ich würde sagen, wir brauchen mehr *besser qualifizierte* Studenten. Und wir brauchen wahrhaftig Studierende, das heißt Leute, die tatsächlich studieren, statt den halben Tag in der Cafeteria herumzuhängen. Und was die Organisationsstruktur betrifft, brauchen wir eine Form, die unsere hohen akademischen Standards mit Leben erfüllt.«

Mit dem Hinweis auf hohe Standards fühlte Arthur sich auf sicherem Terrain, denn das war genau das, mit dem in der neuen Informationsbroschüre des HIT geworben wurde. Mit seinen hohen akademischen Standards setze sich das HIT deutlich von anderen Privathochschulen in Deutschland ab, hieß es darin.

Assmann sah ihn mit einem streng prüfenden Blick an. »Wir haben sehr wohl hohe Standards. Daran besteht kein Zweifel. Wie ich Ihnen bereits sagte, und ich kann es nicht oft genug wiederholen, wir bewegen uns in einem hart umkämpften Markt, in dem ...«

»In dem der Erfolg jeden Mist rechtfertigt.«

Assmann richtete sich in seinem Stuhl auf. Sein Gesicht war schlagartig rot angelaufen. »Wie bitte?«, brüllte er und ließ seinen Unterarm auf die Kante des Schreibtisches herunterfallen, offenbar nicht ohne dabei Schmerzen zu erleiden, denn er verzog sein Gesicht und rieb sich die Hand. »Wie kommen Sie dazu, diese Hochschule schlechtzureden?«

»Das tue ich doch gar nicht, Herr Assmann.«

»*Professor* Assmann! Wie oft muss ich …«

»Verzeihung, Professor, aber ich rede das HIT nicht schlecht.«

»Doch, Sie haben diese Hochschule *shit* genannt.«

Arthur spürte, wie seine Kehle sich zuschnürte und sein Herz zu klopfen begann. Er glaubte sogar zu hören, wie es in seinem Brustkorb hämmerte. Hatte jemand sein Gespräch mit Horowitz in der Cafeteria überhört? Oder hatte Horowitz ausgeplaudert? Wie konnte er nur so hirnverbrannt gewesen sein, dieses Wort in den Mund zu nehmen, er, der sich immer um gepflegte Umgangsformen bemüht, in allen Lebensbereichen, und besonders im Beruflichen. »Bitte was? Was soll ich gesagt haben? Wer hat das behauptet?«

»Das muss ich Ihnen nicht sagen. So wie Sie sich über diese Hochschule öffentlich äußern, Ihre Wortwahl, Ihre ganze Haltung, das lasse ich nicht zu.«

Assmann musterte ihn mit einem stechenden Blick. Arthur hatte das Gefühl, ihm werde die Haut im Gesicht abgezogen. Er brauchte jetzt schnell eine Antwort, die plausibel klang. »Ich weiß nicht, was meinen Sie mit Haltung? Ich mache mir nur Gedanken über die Möglichkeit, dass manche Leute mit juvenilen Sprüchen über unser neues Akronym herziehen. Sie wissen doch wie manche Menschen sind, sie suchen sich immer etwas, worüber sie sich lustig machen können. Studenten wollen Spaß haben, das haben Sie selbst gesagt. Und Akronyme, Logos und Banner sind nun einmal anfällig für Spötteleien. Ich kann mir gut vorstellen, dass es Studenten gibt, denen, wenn sie das Wort Hit hören, das Wort *shit* in den Sinn kommt, wenn ihnen etwas an der Einrichtung, an der sie studieren, nicht passt, auch wenn es nur die lahmarschigen Bretzeln sind, die bei uns in der Cafeteria verkauft werden. Es könnte aber auch sein, dass die Leute, die das Wort *shit* im Kopf haben, gar nicht an Exkremente denken. Setzen Sie in unserer Werbebroschüre doch mal ein S vor HIT, mit einem Punkt zwischen den Buchstaben, dann haben Sie S.H.I.T. Im Text darunter können Sie dann erklären, dass das S für ›schwäbisch‹ steht. Dann heißt es S.H.I.T, die internationale Elitehochschule im schönen Herrenberg, im Herzen Schwabens, ein schwäbischer Hit sozusagen. Wenn das nicht verlockend klingt, dann weiß ich auch nicht!«

Assmanns Stirn zog sich in Falten. »Für was halten Sie mich? Soll ich Ihnen das alles abnehmen?«

»Ja, natürlich, ich meine das durchaus ernst. S steht für schwäbisch. S wie Spätzle, wie Schupfnudeln oder wie Saitenwürstle.«

Assmann saß jetzt völlig steif da. Er hatte seine Arme über der Brust verschränkt und einen Blick aufgesetzt, der eine Kriegserklärung ankündigte. »Herr Schönhuber, ich bin ein Mensch mit Geduld, und ich habe Verständnis für die Ängste unserer Mitarbeiter. Aber täuschen Sie sich nicht. Ich kann Hohn und Zynismus sehr wohl erkennen, und ich weiß, wie man damit umgeht.«

»Verzeihung, falls ich bei Ihnen so rüberkomme. Ich will nicht zynisch sein.«

»Doch, ob Sie das wollen oder nicht, das sind Sie. Sie machen sich über unsere Hochschule lustig, wenn Sie so reden. Haben Sie schon mal daran gedacht, dass mancher unserer Mitarbeiter sich mit Ihren Bemerkungen angegriffen fühlen könnte, weil Sie mit Ihren Worten seine Arbeit abwertend behandeln und ihn damit beleidigen?«

»Ich bin nicht abwertend. Was soll denn abwertend sein, wenn ich sage, das S steht für schwäbisch? Niemand im Haus hat sich bei mir beschwert. Ich kann mir auch gar nicht vorstellen, dass jemand mir böswillige Absichten unterstellen würde, wenn er oder sie mich etwas sagen hört, das nur zur Klärung einer Sache beitragen soll.«

Assmann trommelte mit dem Mittelfinger auf die Tischfläche und erwiderte: »Ich sage es noch einmal, damit wir uns richtig verstehen, Herr Schönhuber. Ich lasse nicht zu, dass jemand diese Hochschule schlecht redet.«

»Ich rede das HIT nicht schlecht. Wenn ich etwas schlecht rede, dann ist es der *offene* Markt, ein Markt, der ausschließlich von Wettbewerbskräften getrieben wird, der Sie zwingt, sich sogar über die Buchstaben im Akronym dieser Einrichtung und über die Farbzusammenstellung unserer Werbebroschüre Gedanken zu machen, um Studenten zu akquirieren. Ein Markt mit solchen Triebkräften belohnt nicht immer nur Gutes. Es kann auch Schlechtes dabei herauskommen.«

»Dann haben Sie mich nicht verstanden, Herr Schönhuber. Ich rede davon, wie wir diese Hochschule

besser positionieren können, mit den Optimierungsmaßnahmen, die sich aus einer gutüberlegten Strategie erge-
ben. Der Markt wird uns die Anerkennung bringen, die
uns zusteht. Aber diese Anerkennung müssen wir *verdienen*. Haben Sie mich verstanden?«

»Keine Sorge, ich weiß sehr wohl, was es bedeutet, in
einem Markt zu agieren. In unserem Fall würde ich aber
lieber von einem *akademischen* Markt reden. Wir wollen
keine Sonnenbrillen oder Handschmeichler an den Kunden bringen. Wir sind in einem Markt, in dem Ideen entwickelt und ausgetauscht werden.«

Assmann schnaubte verächtlich durch die Nase.
»Ideen! Was soll das denn heißen? Wenn Sie glauben, Sie
können sich hier wie ein Universitätsprofessor aufführen
und an irgendwelchen Ideen für ein Buch herumfeilen,
liegen Sie falsch. Sie sind hier Dienstleister und sonst
nichts, und die Dienste, die Sie erbringen müssen, sind
Dinge, die von unseren Studenten verlangt werden, und
das ist gute Lehre.«

»Eine gute Lehre ist mir wichtig«, erwiderte Arthur,
»aber meine Dienstleistung orientiert sich nicht an den
idiosynkratischen Wünschen einzelner Studenten, sondern an dem, was im internationalen Wissenschaftsbe-
reich als Standard gilt. Ich bin für *wissenschaftliche* Aufgaben geheuert worden, für eine Lehre, die sich aus den
Methoden der Wissenschaft speist. Fragen Sie doch bitte
Herrn Horowitz, mit dem ich das bei meiner Einstellung
ausführlich besprochen habe. Er wird Ihnen das sicherlich bestätigen.«

»Jetzt lassen wir mal Horowitz aus dem Spiel. Der hat hier nichts mehr zu sagen. Sie müssen das jetzt schon mit mir besprechen. *Ich* bin Ihr Vorgesetzter, *ich* sage Ihnen, was hier geschehen muss. Wir müssen die Studenten für ein Studium bei uns begeistern, weil wir hohe Qualität zu einem hohen Preis bieten, und dieser Preis orientiert sich auch an den Kosten unserer Dienstleistungen. Und das, was Sie lehren, muss den Geschmack der Studenten treffen. Dazu braucht man keine Wissenschaft.«

Arthur sah ihn entsetzt an. Er versuchte sich auf sein Atmen zu konzentrieren. Dieses Gespräch war mindestens so anstrengend, wie das, was er bisher mit seinen schlimmsten Klienten erlebt hatte.

Assmann fuhr fort: »Ich werde unsere Geschäftszahlen mehrmals im Jahr überprüfen. Das bedeutet, dass wir Kennzahlen als Wegweiser brauchen, dass wir unsere Personalentwicklungsprozesse anpassen, dass wir Leistungstreiber identifizieren und auch die Studentenakquisition effizienter managen. Es bedeutet auch, dass Sie und Ihre Kollegen jetzt nicht mehr tun und lassen können, wie es ihnen passt, sondern dass Sie sich an Regeln zu halten haben. Die Arbeit der Professoren hier kann nicht Spielball ihrer Launen und persönlichen Wünsche sein, sondern muss sich voll und ganz an den Bedürfnissen der Studenten orientieren.«

Wäre Arthur ein Hund, hätte er jetzt Schaum vor dem Mund. »Und was sind das für Bedürfnisse? Gute Noten oder neues Wissen? Ich bin geheuert worden, um mit den Studenten über schwierige Themen zu reflektieren und mit ihnen offen zu debattieren. Debattieren kann man nicht als Geschäft mit Kennzahlen betrachten. Das Diskutieren von Ideen hat ...«

»Jetzt hören Sie mal genau zu, Schönhuber«, unterbrach ihn Assmann. »Ich sage Ihnen, was *Ihre* Idee sein muss. Sie müssen die Dienstleistung erbringen, die unsere Kunden wünschen und für die sie zu zahlen bereit sind. Unsere Studenten haben eine genaue Vorstellung von einem Preis-Leistungs-Verhältnis, das ihren Bedürfnissen entspricht, und *daran* müssen wir uns halten, und an nichts anderes.«

»Können Sie mir bitte erklären, was Sie mit Preis-Leistungs-Verhältnis meinen?«

»Lassen Sie es mich so formulieren«, sagte Assmann. »Ihre persönliche Einstellung zur Arbeit, Ihre Vorstellung von Bildung, Ihr Pädagogikstil, dieses ganze Zeug, das alles interessiert mich nicht. Mich interessiert nur, ob Sie es fertigbringen, die Bindung unserer Studenten an das HIT zu festigen. Loyalität ist das A und O einer Organisation. Ohne Loyalität läuft überhaupt nichts, in keinem Unternehmen und in keiner Universität, auch nicht in unserer. Oder wird das in Ihren Beraterkreisen anders gesehen?«

Loyalität war für Arthur und seine Kollegen im Beratergeschäft tatsächlich ein Schlüsselwort. Es kam nur darauf an, welche Art von Loyalität man anstrebte. Wollte man eine auf Unterwürfigkeit beruhende Loyalität oder eine auf aktive Mitsprache in der Gestaltung einer Organisation aufbauende Loyalität? Arthur hätte Assmann gefragt, welche Form der Loyalität er meinte, wäre er in diesem Moment nicht vom Erscheinungsbild seines Kopfes abgelenkt worden. Assmanns Kopf glich einer Billardkugel, rund und glänzend, weil gerade die Sonnenstrahlen durch das Fenster direkt auf seinen Kopf fielen und die Kopfhaut zum Leuchten brachten. Assmann hatte eine Glatze, die er mit den wenigen Haaren, die ihm über die Jahre geblieben waren, zu verdecken versuchte. Ein Dutzend Haarsträhnen, jede so lang wie ein Schnürsenkel, waren von einer Seite quer über den Schädel gezogen, und ein paar Strähnen hatte er vom Hinterkopf nach vorne gekämmt, so dass sie oben in der Mitte wie ein Kreuz übereinanderlagen. Wahrscheinlich stand er jeden Morgen eine Viertelstunde vor dem Spiegel und klebte jede dieser Strähnen einzeln auf die Kopfhaut. Welcher Aufwand, um den Schein professoraler Würde bis ins hohe Alter auszustrahlen!

»Da haben Sie völlig recht«, sagte Arthur, »Loyalität ist wichtig. Unter Umständen kann sie sogar für den Erfolg eines Unternehmens den Ausschlag geben. Loyalität muss aber immer auf Wahrheit beruhen, sonst verlieren die Leute mit der Zeit Vertrauen in die Person, die Loyalität von ihnen einfordert. Ich denke hier an unsere Studenten. Man darf ihnen keine Versprechungen machen, von denen man schon im Voraus weiß, dass man sie nicht halten kann.«

Assmann dachte nach. Für einen Moment hatte Arthur das Gefühl, er war gerade dabei, in diesem Gespräch die Oberhand zu gewinnen. Doch dieses Gefühl verflog sofort wieder, als Assmann sagte: »Dann will ich Ihnen mal etwas zeigen.« Er zog aus einer Schublade seines Schreibtisches ein DIN-4 Blatt und warf einen kurzen Blick darauf. Dann drehte er das Blatt auf den Kopf, so dass Arthur es in einer für ihn lesbaren Stellung sehen konnte, legte es auf den Tisch und deutete mit dem Finger auf zwei Linien, die zu einer die ganze Seite ausfüllenden Graphik gehörten. Die obere der zwei Linien war dick gezeichnet, die darunterliegende Linie war dünn und gestrichelt. Über der Graphik standen die Worte »Entwicklung der Studentenzahlen«.

»Sehen Sie das?«, fragte Assmann. »So sieht die Situation jetzt aus, und so *sollte* es sein.« Dabei fuhr er mit dem Zeigefinger entlang der oberen Linie, die sich immer weiter von der unteren Linie entfernte. Was neben den Achsen in dieser Graphik stand, konnte Arthur aus der Entfernung nicht entziffern, doch er vermutete, dass es Jahreszahlen und die Zahl der eingeschriebenen Studenten, beziehungsweise die gewünschte Zahl der Studenten waren. »Hier gibt es viel, was man noch optimieren muss«, sagte Assmann.

»Da stimme ich Ihnen voll zu«, entgegnete Arthur, »bei uns ist viel im Argen. Aber optimieren ist nur sinnvoll, wenn mit den Fundamentaldaten alles in Ordnung ist. Wenn ein Haus auf maroden Grundmauern steht, macht es keinen Sinn, das Dachgeschoss auszubauen.«

Assmann fauchte zurück: »Wollen Sie damit sagen, diese Hochschule ist marode? Wer das behauptet, lügt. Das HIT hat einen ausgezeichneten Namen, wir sind in den Zeitungen, man schreibt sehr positiv über uns und wir haben genug Investoren, die hinter uns stehen. Wir ziehen Studenten sogar aus Ostasien an. Das sind alles Zeichen, dass wir auf dem richtigen Weg sind. Jetzt geht es nur darum, dass wir das, was wir gut machen, besser machen. Ich meine, optimieren.« Nach einigen Sekunden dauerndem Wiegen seines Kopfes, was Arthur als Zeichen tiefen Nachdenkens deutete, sagte Assmann: »Sie haben doch ein Buch geschrieben, da schauen Sie sich doch bestimmt ab und zu die Verkaufszahlen an. Wären Sie zufrieden, wenn Ihre Graphik so aussieht, dass die Linie der erzielten Verkäufe über einen langen Zeitraum hinweg auf sehr niedrigem Niveau verläuft? Würden Sie da nichts verbessern wollen? Oder würden Sie mit dem Schreiben ganz aufhören?«

»Ich schreibe kein Buch, um davon leben zu können«, entgegnete Arthur. »Und auch mein Selbstverständnis hängt nicht davon ab, wie viele Bücher ich verkaufe.«

»Für wen schrieben Sie dann Ihr Buch? Für Ihre Studenten doch sicherlich nicht, wenn ich an Ihre Kursbeschreibungen denke.« Hämisch lächelnd fuhr er fort: »Mit solch abstrakten Begriffen und diesen langen Sätzen, wie sie da stehen, kommen Sie nicht weit. Das ist alles zu abstrakt, zu theoretisch. Gehen Sie praktisch vor, geben Sie Ihren Studenten einen Anreiz, Neues zu lernen, indem sie ihnen zum Beispiel sagen, sie sollen sich unter die Einheimischen hier mischen und am öffentlichen Leben teilnehmen. Es gibt hier so viel zu sehen und zu erleben, im Faschingsumzug mitlaufen zum Beispiel, an einem Weinfest teilnehmen oder ein Marktplatzturnier besuchen. Die Gegend hier ist voll mit kleinen Städten, die alles Mögliche an lokaler Kultur und Tradition bieten. Gehen Sie mit Ihren Studenten doch mal in diese Ortschaften und zeigen ihnen die lokalen Bräuche. Auf diese Weise könnten unsere Studenten neue Ideen aufschnappen, anstatt über so was wie *spatial distance* nachzudenken. *Spatial distance*, was soll das überhaupt bedeuten?«

»Das hat etwas mit *nodes of knowledge connections* zu tun«, sagte Arthur genüsslich. Ihm war klar, dass Assmann sich an dieser Antwort stören würde.

»Ich weiß das, aber mit solchen Begriffen jagen Sie den Studenten Angst ein, und das bereits in der Kursbeschreibung. Schreiben Sie doch nicht so umständlich. Wieso schreiben Sie überhaupt *knowledge* statt Wissen?«

»Weil wir hier alle Kurse in Englisch anbieten.«

»Ja, aber unsere ausländischen Studenten sollen ruhig auch Deutsch lernen, wenn sie schon mal hier sind. Auch mit Deutsch kann man ihnen Wissen beibringen. Machen Sie mit Ihren Studenten doch mal einen Ausflug in die Städtchen hier rund um Herrenberg. Das würde ihr Wissen über unsere schöne deutsche Kultur bereichern.«

»Sie meinen wohl, schöne *schwäbische* Kultur.« Arthur wusste, dass Assmann aus Norddeutschland kam.

»Das auch«, sagte Assmann so, als würde er Gift ausspucken.

Arthur hatte jetzt seinen Studenten aus Indonesien vor Augen, wie der junge Mann sich in Dußlingen in der

Sonntagsmesse Hostien auf die Zunge legen lässt: »Sich unter diese Kleinstädter hier mischen, meinen Sie das im Ernst? Soll unser Indonesier sich vielleicht auf dem Marktplatz in Pfullingen in die Schlange vor der Würstchenbude einreihen und Leute ansprechen? Ich komme ursprünglich aus der Oberpfalz und habe selbst große Schwierigkeiten, mit den Einheimischen hier ins Gespräch zu kommen. Was glauben Sie, wie die Kassiererin im Aldi reagiert, wenn unser Mustafa aus Alexandria mit ihr den Preis von Joghurt verhandeln will? Und mit dem Hock, den ich in Upfingen erlebt habe, bin ich mir nicht sicher, ob die Einheimischen sich überhaupt neben ihn setzen würden, geschweige denn mit ihm reden würden. Waren Sie schon mal bei einem Hock in einem schwäbischen Kaff dabei, oder bei einem dieser seltsamen Narrentreffen? Unseren Studenten aus Asien muss das wie ein Voodoo Fest vorkommen.«

Eigentlich wäre das jetzt für Arthur der Moment gewesen, Assmann das Ende dieses Gesprächs vorzuschlagen, mit der Erklärung, er habe einen Termin mit einem Studenten, einem von denen, die präzise Vorstellungen von einem angebrachten Preis-Leistungs-Verhältnis haben. Doch er wollte Assmann nicht so leicht davonkommen lassen. »Wollen Sie tatsächlich, dass ich meine Seminarveranstaltungen auf dem hiesigen Marktplatz abhalte und mit meinen Studenten den Unterschied zwischen der Framing Theorie und der Agenda Setting Theorie bei Bratwurst und Sauerkraut diskutiere? Herr Assmann, als ich meinen Arbeitsvertrag unterschrieb ...«

»*Professor* Assmann!«

»Aber ja doch, Herr Professor Assmann, ich meine, Herr Professor *Doktor* Assmann! Was ich sagen will, als ich meinen Arbeitsvertrag hier unterschrieb, sprach Herr Professor Doktor Horowitz von dieser Hochschule als einer Einrichtung, die nach den Standards einer Universität konzipiert ist und die die Ressourcen besitzt, um für andere Hochschulen als Kooperationspartner interessant zu sein. Er sprach von kreativen Freiräumen, und nicht von Faschingsumzügen, und er sprach von Offenheit in den Geisteswissenschaften, und nicht von Weinfesten und Bratwurstevents. Ich weiß, wie an Universitäten gelehrt und geforscht wird. Was ich unter universitärer Lehre verstehe, ist der Ideenaustausch mit Studenten unterschiedlicher Herkunft, das kritische Lesen ausgewählter Texte im kleinen Kreis, und das Üben einer theoretisch fundierten Herangehensweise an komplexe Probleme. Ich will mit meinen Studenten eine gemeinsame Auseinandersetzung mit wissenschaftlichen Texten nicht nur als Quelle von Inspiration, sondern auch als Schmiermittel einer kulturellen Sichtweise, die das Leben im universitären Bereich und in der Gesellschaft im Allgemeinen bereichert. Reflexion ist nicht wie das Sammeln von Lebensmittelmarken, da gibt es keine klaren Kennzahlen für Erfolg und Misserfolg. Was wir am HIT brauchen, ist ein kreativer Freiraum für den Austausch von Ideen, und dieser Austausch sollte in Seminarveranstaltungen in unserem Gebäude stattfinden, und nicht auf einem Marktplatz in Hinterpfullingen.«

»Ich weiß nicht, auf welcher Wolke Sie leben, Schönhuber. Sie scheinen immer noch nicht zu begreifen, um was es hier geht. Unsere Studenten wollen keine Texte kritisch lesen. Sie wollen von uns ein Diplom, das für sie *nützlich* ist. Quelle der Inspiration, Kontemplation, alles Unfug! Unsere Studenten wollen nicht über so was wie *situierte cognition* ...«

Arthur korrigierte ihn. »Sie meinen *situated cognition*.«

»Unterbrechen Sie mich nicht dauernd, Schönhuber! Die Studenten wollen *Resultate*, mit denen sie etwas anfangen können. Ich will, dass Sie das verstehen. Auch wir, das HIT, diese Bildungsstätte, wir brauchen Resultate. Wir müssen uns auf die Frage konzentrieren, wie schnell wir die Dinge hier optimieren können. Dazu brauchen wir ein gutes Controlling und ein effizientes Berichtswesen. Wir brauchen ein *Benchmarking*. Haben Sie schon mal was von der *Balanced Scorecard* gehört? Genau das brauchen wir hier, ein umfassendes Evaluationssystem, das den Erfolg in den verschiedenen Bereichen unserer Arbeit sichtbar macht. Und wir brauchen auch ein viel aggressiveres Marketing unserer Serviceangebote. Da gibt es noch viel Raum für Verbesserungen.«

Arthur schüttelte sich. »Herr Assmann, wir ...«

»*Professor* Assmann, verdammt noch mal!«

»Jawohl, Herr *Professor* Assmann. Und was sind unsere Serviceangebote bitte schön? Nach meinem Verständnis einer Universität hat das HIT als universitäre Einrichtung auch einen gesellschaftlichen Auftrag. Freies Denken ist fundamental für eine Kultur, die das Anhören anderer Meinungen und das Abwägen von Interessen fördern soll. Ich meine, die Bereitstellung von Möglichkeiten zur Reflexion sollte in einer Hochschule, in der die Einbettung von Technologie in gesellschaftliche Zusammenhänge thematisiert wird, eine zentrale Aufgabe sein. Sie sagen, das Diplom soll nützlich sein. Richtig! Ich wünsche mir Absolventen, die bei uns gelernt haben, ihre Ambiguitätstoleranz zu schärfen und ihre Vorstellungen in der Anwendung technologischen Wissens zu hinterfragen. In einer postindustriellen Gesellschaft brauchen wir aufgeklärte Studenten, die mit kulturellen Werten umgehen können. Und das nenne ich nützlich.«

Assmann musterte ihn mit einem eiskalten Blick. »Wieso reden Sie jetzt von Ambiguitätstoleranz und Reflexion, wenn ich von Controlling und Marketing spreche? Wollen Sie oder können Sie nicht verstehen, um was es geht, wenn ich sage, wir müssen unsere Strukturen und Prozesse optimieren? Wir können nicht länger als Zuschussbetrieb der Unternehmen in unserem Verwaltungsrat arbeiten, sonst haben wir bald überhaupt keine Studenten mehr, weder wissende noch unwissende. Dann spielt auch Reflexion keine Rolle mehr. Und das will niemand, am wenigsten die Firmen, die uns das Geld geben. Das muss Ihnen doch einleuchten. Oder?«

»Was oder?«

»Ich habe Ihnen gerade gesagt, dass die Professoren hier nicht mehr kommen und gehen können, wie es ihnen passt. Schluss mit Playtime. Stellen Sie sich vor, unsere Bundeswehr Soldaten würden sich so verhalten.

Jeder macht, was er will! Das geht nicht. Das wäre Anarchie. Wir werden jetzt eine Präsenzpflicht haben. Das muss ich auf die ... Das muss ... Ist was mit Ihnen?«

Arthur spürte eine massive Übelkeit aufkommen. Er atmete tief ein, dann wieder aus. Er wollte etwas sagen, wusste aber nicht was. Er schloss die Augen und versuchte sich einen palmengesäumten, menschenleeren Sandstrand im Südpazifik vorzustellen, aber was er sah, war Assmanns Kugelkopf und den bösen Blick, mit dem er ihn ansah. Als er die Augen wieder öffnete, war ihm so schlecht, dass er sich an der Armlehne seines Stuhls festhalten musste.

»Haben Sie gehört, was ich gerade sagte?«, fragte Assmann. »Wir werden ab sofort eine Präsenzpflicht im Haus haben. Die Studenten wollen Lehrkräfte, die immer ansprechbar sind. Zweimal die Woche eine einstündige Sprechstunde abhalten, das genügt nicht. Und übrigens, der erste Parkplatz draußen vor dem Gebäude, der Stellplatz neben dem Eingang, der gehört *mir*. Letzten Freitag sah ich Ihr Auto auf meinem Platz stehen. Ich habe das noch einmal durchgehen lassen, aber in Zukunft sollten Sie das bleiben lassen. Haben Sie das verstanden?«

Die Lehrveranstaltung an diesem Nachmittag war für Arthur eine Qual. Er musste sich mehrere Male hinsetzen, weil ihm kotzübel war. Außerdem schmerzte seine Schulter, weshalb er mitten im Seminar eine Pause einlegte, um Gymnastikübungen zu machen. Er kam sich vor wie ein Clown in einem Kinderzirkus, als er mit beiden Schulterblättern schnell kreisende Bewegungen machte und dabei aussah wie ein flatterndes Huhn. Am liebsten hätte er die Studenten schon eine Viertelstunde vor dem regulären Ende dieser Veranstaltung nach Hause geschickt.

Sie schienen sowieso nicht bei der Sache zu sein. Sie saßen steif an den Tischen und zeigten kaum Interesse an den Diskussionen. Wenn sie etwas sagten, sprachen sie leise, als ob sie glaubten, sie würden Arthur stören. Als er sich nach dem Ende der Veranstaltung von ihnen verabschiedete und sagte, er fühle sich heute nicht besonders gut, fragte ihn ein Student, ob er wisse, wo Horowitz sei. Man habe ihn seit Tagen nicht mehr gesehen. Er sei zu keiner seiner Lehrveranstaltungen erschienen. Ein weiterer Student meldete sich. Er habe gehört, die Sekretärin von Professor Horowitz würde nun für jemand anders im Haus arbeiten, ob das wahr sei. Arthur erwiderte, er würde versuchen, etwas über den Verbleib von Herrn Horowitz in Erfahrung zu bringen.

***

Am nächsten Morgen, als Arthur mit Brigitte am Frühstückstisch saß, klingelte das Telefon. Es war Horowitz. Er wolle ihn sprechen, sagte Horowitz, so bald wie möglich. »Aber nicht hier am Telefon, und auch nicht am HIT. Können wir uns in Tuttlingen treffen? Ich habe dir etwas zu sagen.« Horowitz äußerte sich nicht zum Grund, warum er sich mit ihm in einer Stadt, die weit über eine Autostunde von Herrenberg entfernt lag, treffen wolle.

Arthur sagte zu und sie verabredeten sich für ein Treffen am selben Tag im »Goldenen Adler«, in der Tuttlinger Altstadt, um halb zwei.

Weil der Autoverkehr ungewöhnlich leicht war und Arthur einen Parkplatz nahe der Altstadt fand, betrat er den »Goldenen Adler« eine gute Viertelstunde vor der verabredeten Zeit. Er blieb am Eingang neben den mit Jacken, Mänteln und Schirmen voll behangenen Kleiderständern stehen, um sich zuerst einen Überblick über die Räumlichkeiten zu verschaffen. Die Tische in diesem Lokal, das eher einer überhitzten, mit abgestandener Luft geschwängerten Wirtshausstube im Bauernstil als einem Restaurant ähnelte, waren fast zur Hälfte besetzt. Die Männer – Frauen sah er keine –, von denen jeder ein Glas Bier oder einen Schnaps oder beides vor sich stehen hatte, redeten laut und ausgelassen. Es herrschte eine fröhliche Stimmung. An einem Tisch wurde Karten gespielt und aus einem Nebenraum tönten Fernsehstimmen, die sich nach einer Quizshow anhörten. Von Horowitz war nichts zu sehen. Arthur überlegte sich, ob er sich an einen der freien Tische weit weg vom Eingang setzen sollte, als er plötzlich Horowitz aus der Ecke hinter den Kleiderständern sagen hörte: »Nicht umdrehen. Ich bin hier, hinter den Mänteln. Pass auf, was ich dir sage. Tu so, als wärst du im falschen Lokal. Rede mit niemandem, geh wieder hinaus, und dann geh nach rechts die Straße entlang bis zur Bahnhofstraße, und dann Richtung Marktplatz. Kurz vor dem Marktplatz ist links eine Seitengasse. Die gehst du rein, und nach ein paar Metern kommst du zu einem Bistro. Fionas Treff heißt der Laden. Geh rein und warte dort auf mich. Such dir einen Platz, aber nicht am Fenster. Ich komme gleich nach.«

Arthur fand das Bistro ohne Schwierigkeiten. Es war bis auf zwei junge, am Fenster sitzende Pärchen leer. Er setzte sich an einen Tisch in der hinteren Ecke des Raums und rief dem jungen Mann hinter der Theke, der dort mit dem Abwasch beschäftigt war, seine Bestellung zu: eine Tasse Kaffee und eine Flasche Mineralwasser. Keine fünf Minuten später betrat Horowitz das Lokal. Mit seinem hochroten Kopf und dem flackernden Ausdruck in den Augen sah er aus wie ein gehetztes Tier. Er warf Arthur einen kurzen Blick zu, während er zur Theke ging und den Mann, der noch an Arthurs Bestellung arbeitete, um einen großen Cappuccino bat. Dann setzte er sich zu Arthur an den Tisch, ohne ihn zu grüßen. Sein Kopf war so verschwitzt, dass sogar die Haare, die aus den Nasenflügeln hervorsprießten, nass waren. Er war schlecht rasiert und wirkte verhärmt und ausgesprochen nervös.

»Was ist los?«, fragte Arthur. „Wieso treffen wir uns hier und nicht in Herrenberg?«

»Ist dir jemand gefolgt?«, fragte Horowitz.

»Keine Ahnung.«

»Ist dir hier in Tuttlingen vielleicht jemand aufgefallen, jemand, der dich komisch ansah oder sich nach dir umdrehte, vielleicht schon in Herrenberg?«

»Komisch? Nein, nicht dass ich wüsste. Ich war heute auch noch gar nicht am HIT. Ich komme direkt von zu Hause. Was soll das?«

»Hast du unterwegs irgendwo gehalten, oder hast du jemandem gesagt, dass du dich mit mir triffst?« Horowitz drehte seinen Kopf in Richtung der zwei Pärchen am Fenster, dann blickte er zur Theke. Die Pärchen unterhielten sich leise, und der Mann an der Theke hantierte an der Kaffeemaschine.

»Meiner Frau hab ich's gesagt«, erwiderte Arthur.

»Sonst niemandem?«

»Nein. Jetzt sag mir doch, was ist los? Ist dir was passiert, Viktor? Hast du was verbrochen?«

»Nein, oder wenn man so will, ja.«

Arthur wurde zusehends nervös. »Man hat dich seit Tagen nicht mehr am HIT gesehen. Haben deine Studenten sich beschwert?«

»Nein.«

»Hast du Assmann angegriffen?«

»Nein. Obwohl … vielleicht könnte man das, was ich ihm sagte, so deuten. Nein, es ist etwas anderes, aber das sag ich dir später. Diese Schweine sind zu allem fähig, die haben überall ihre Leute.« Er drehte sich zum Eingang um, dann beugte er sich über den Tisch näher zu Arthur hin und sagte leise: »Sie haben mich gefeuert.«

»Was?! Gefeuert?«

»Ja, in die Wüste schicken sie mich. Nur ist es nicht die Wüste, sondern der Polarkreis. Lappland.«

»Wie, Lappland?«

»Ich soll dort beim Aufbau einer neuen Hochschule mithelfen, in Rovaniemi. Weißt du, wo das ist? Das ist in Finnland, im Norden Finnlands. Im *höchsten* Norden!«

»Soll das ein Witz sein?«

»Nein, kein Witz. Einen Dreijahresvertrag soll ich unterschreiben. Bis Ende dieser Woche soll ich mein Büro räumen. Und wenn ich nicht mitmache, streichen sie mir auch noch die Abfindung.«

Arthur hatte Schwierigkeiten, ein Lachen zu unterdrücken. Er sah Horowitz vor sich, wie er sich mit tief ins Gesicht gezogener Pudelmütze, mit Fausthandschuhen so dick wie ein Kaninchen und mit einem Wollschal um Mund und Nase gewickelt im dichten Schneegestöber zu seinem Büro in einem am Waldrand gelegenen Blockhaus durchkämpft. »Und was genau sollst du dort tun? Wie heißt der Ort noch mal? Rova wie?«

»Rovaniemi. Das ist der Ort, wo der Weihnachtsmann seine Rentiere im Stall füttert.«

Arthur lachte jetzt unverhohlen. »Nicht schlecht, Viktor, du, der Weihnachtsmann. Und was für eine Hochschule sollst du dort aufbauen?«

»Eine Privathochschule.«

»Für Santas Helfer?«

»Lach nicht!«

»Okay, ich bleibe ganz ruhig. Und wie genau sollst du das machen, eine Hochschule aufbauen?«

»Nun, was man eben so macht in der Anfangsphase einer Hochschule: Stellenausschreibungen formulieren, Studenten rekrutieren, ein Curriculum zusammenstellen und vor allen Dingen Unternehmersponsoren suchen und sich dann von denen im Verwaltungsrat anpöbeln lassen.«

»Und wie soll das Curriculum aussehen? Pflichtkurse im Nordlichtergucken und als Wahlfach Elche jagen und lappländisch kochen?« Arthur grinste. Sie haben Horowitz gefeuert. Irgendwie war er nicht überrascht. »Hast du schon einen Namen für den Studiengang?«

»Nein!« Du nimmst mich nicht ernst, sagte der Blick, den Horowitz Arthur zuwarf.

»Ich wüsste einen Namen«, sagte Arthur. »Operation Nordlicht! Diesmal nicht mit Soldaten der deutschen Wehrmacht, sondern mit deutschen *Studenten*.« Arthur konnte sich jetzt nicht länger beherrschen. Er lachte so laut, dass die zwei Pärchen am Fenster sich nach ihm umdrehten und ihn mit aufgerissenen Augen anstarrten.

Auch Horowitz starrte ihn an. »Das ist nicht witzig.«

»Doch, du in Lappland! Weißt du was? Du könntest Assmann für ein Semester mitnehmen, zur Entnazifizierung, ihm einen neuen Führungsstil beibringen, und vor allem ein Verständnis für Moral. Du könntest dort auch ein Austauschprogramm für uns Professoren einrichten. Wir könnten dort neue Erfahrungen sammeln, im hohen Norden bei Eis und Schnee, weit abseits von unserer postindustriellen Konsumwelt den Sinn für menschliche Gemeinschaft wiederentdecken. Das wäre doch was, Viktor! Ein Semester lang saubere Luft und sternenklarer Himmel, statt Linsen und Spätzle zweimal die Woche und am Freitag Bubenspitzle mit Sauerkraut.«

»Jetzt hör bitte auf. Ich verstehe keinen Spaß«, sagte Horowitz mit halb erstickter Stimme. Sein Mund hatte eine seltsame Form angenommen. Ein Mundwinkel war zur Seite gezogen und die Unterlippe war nach vorne ge-klappt. »Mit dem HIT werde ich nichts mehr zu tun ha-ben. Fertig, Schluss, aus, vorbei. Abgesägt haben die mich.« Seine Augen glänzten wie im Fieber, als er sagte: »In ein paar Tagen bin ich hier weg, aber zuerst will ich dir noch etwas geben.« Mit lautem Stöhnen beugte er sich zu seinem Aktenkoffer hinunter, den er unter dem Tisch abgestellt hatte. Es kostete ihn einige Mühe, wobei er den Kopf an der Tischkante anschlug und leise fluchte, eine Mappe aus dem Koffer zu ziehen, die er dann Arthur unter dem Tisch hinüberreichte. »Das ist für dich«, sagte er, als er mit hochrotem Kopf wieder auf-recht am Tisch saß. »Das gehört jetzt *dir*. Und sag bloß niemand, wo du das herhast. Noch besser, sag niemand, *dass* du es hast, außer du willst mit diesem Zeug ... außer du möchtest vielleicht ... Ach, ist mir egal, was du damit machst. Ich habe nichts mehr damit zu tun. Das ist ganz deine Entscheidung.«

»*Was* ist meine Entscheidung?«

»Ob du mit diesem Zeug ... Nun ja, ich will nur sagen, lies die Sachen durch und dann mach damit, was du willst.«

Während der Wirt die Bestellungen mit einem freundlichen »Bitte schön, Ihr Cappuccino, Ihr Kaffee und das Wasser« auf den Tisch stellte, suchte Arthur auf dem Deckel der Mappe vergebens nach einer Aufschrift, die einen Hinweis auf den Inhalt geben würde. »Was ist das?«, fragte er Horowitz, nachdem der Wirt wieder ge-gangen war.

»Das sind die Protokolle von zwei Sitzungen des Verwaltungsrats. Da stehen Dinge drin, die dich sicherlich interessieren. Diese Protokolle geben Aufschluss über einiges, was hier seit der Gründung des HIT abgegangen ist.« Er warf den Pärchen am Fenster, die immer noch miteinander tuschelten, einen kurzen Blick zu, dann fuhr er fort: »Da steht zum Beispiel drin, wie der Verwaltungsrat mit öffentlichen Geldern umgeht, welche Absprachen unter den Sponsorenfirmen am Anfang getroffen wurden, mit welchen dummen Werbesprüchen man Studenten aus bestimmten Ländern rekrutieren will, welche nicht gerade sauberen Aufgaben dem neuen Geschäftsführer jetzt zufallen und vieles mehr. Alles Dinge, die dir einen Einblick in die Machenschaften dieser Herren geben. Du wirst staunen, wenn du liest, welcher Mist hier gebaut wurde und mit welch krimineller Energie hier vorgegangen wird, um das HIT zu retten. Die glaubten tatsächlich, dass es im gegenwärtigen Umfeld mit diesen vielen neu gegründeten Hochschulen möglich sei, in Kürze schwarze Zahlen zu schreiben. Und die nennen sich Unternehmer! Wenn man sich überlegt, was die jetzt alles machen, um aus der Scheiße rauszukommen, kann man sich nur wundern, dass der Laden nicht schon vor zwei Jahren dichtgemacht wurde. Eigentlich müsste man jetzt ...« Horowitz blickte zum Wirt hinter der Theke hinüber, der den Blick kurz erwiderte und sich dann wieder seiner Arbeit widmete, und dann sagte er leise: »Du wirst dir die Augen reiben, wenn du liest, was in unserem Ländle so alles schiefläuft.«

»Und warum gibst du mir das jetzt alles?«

»Rate mal. Lappland! Polarkreis! Eisbären! Glaubst du, die schicken mich dorthin, damit ich mich da oben von der Hitze im Stuttgarter Kessel erholen kann? Ich gebe dir diese Sachen, weil ich dir vertraue. Du weißt ja, Vertrauen ist alles. Wie heißt das bei dir noch mal? Soziales Vertrauen?«

Mit diesem Begriff nahm Horowitz Bezug auf eine der drei Formen von Vertrauen – die anderen waren kalkulatorisches und institutionelles Vertrauen –, die Arthur in seiner Seminarveranstaltung vor drei Wochen besprochen hatte, in der Horowitz sich unter die Studenten gemischt hatte. Arthur fand es unverschämt, dass Horowitz gerade jetzt von Vertrauen sprach, wo er sich im Grunde schämen müsste, ihn zur Mitarbeit in dieser sogenannten Elitebildungsstätte eingeladen zu haben. Vielleicht suchte er in Arthur einen Verbündeten in seinem Kampf gegen den Verwaltungsrat. »Ja, Vertrauen ist alles«, sagte Arthur und sah dabei Horowitz fest in die Augen. »Genauso wichtig wie Moral.«

Horowitz nahm einen Schluck von seinem Cappuccino und murmelte etwas vor sich hin, was sich wie »Das dachte ich auch immer« anhörte.

»Und was soll ich mit diesen Protokollen jetzt machen?«, fragte Arthur. »Soll ich sie einrahmen und in meinem Wohnzimmer an die Wand hängen?«

»Es ist mir egal, was du mit ihnen machst, aber bitte gib die Quelle nicht heraus. Wenn sie dich fragen, wo du die Protokolle herhast, sag einfach, du hättest sie in der

Mülltonne draußen vor dem Gebäude gefunden. Kannst du dich an die Pentagon Papers Affäre erinnern, die Aufdeckung des Innenlebens der Mächtigen, diese absurde Polit-Kosmetik? Vielleicht willst du mit diesen Protokollen an die Presse gehen. Wenn *ich* das tun würde, und ich sage nicht, dass ich es tun würde, obwohl ich es liebend gern tun würde, würde ich zuerst mit einer Zeitung etwas weiter weg von hier beginnen, in Süd-Baden zum Beispiel. Ich wette, die würden dort Purzelbäume schlagen, wenn sie etwas in die Hände bekämen, mit dem sie die Württemberger attackieren können. Vielleicht kommst du am Ende noch ganz groß raus, Arthur. Oder vielleicht gehst du unter. Wer weiß.«

»Wer weiß *was*?«

»Eben, das weiß ich nicht. Normalerweise, wenn man nicht weiß, wie die Zukunft aussehen wird, schaut man sich die Vergangenheit an, und die war kriminell. Der Verwaltungsrat hat bei der Gründung dieser Hochschule Scheiß gebaut, jetzt baut er noch größeren Scheiß, und diese Schweine brauchen jemand, dem sie das alles anhängen können. Ich bin der Erste, der entsorgt wird, und das, was die jetzt vorhaben, das wird ...« Er unterbrach sich und führte seine Tasse an den Mund, stellte sie dann aber wieder ab, ohne einen Schluck genommen zu haben. »Und da gibt es noch etwas, und das dürfte besonders *dich* interessieren. Dein Spezi, der Sedlmeier, dieses kleine Männchen, dieser Irre, den du *unbedingt* hier haben wolltest, und das will ich hier noch einmal ausdrücklich betonen, den du gegen meinen Rat geheuert hast, dieser Poz, denn anders kann man ihn nicht nennen, den hat Assmann jetzt zum akademischen Direktor ernannt.«

Arthur schrie auf, so laut, dass der Wirt hinter der Theke ihm einen strafenden Blick zuwarf: »Wie bitte?! Bruno, Akademischer Direktor? Du meinst unseren Bruno, den Sedlmeier Bruno? Wirklich? Soll das ein Witz sein?«

»Nein, kein Witz. Sedlmeier ist unser neuer Akademischer Direktor.«

»Aber das kann nicht sein!« Arthur wusste nicht, sollte er lachen oder mit der Faust auf den Tisch schlagen? Seit dem Abendessen bei sich zu Hause, als Sedlmeier den Verlust seiner Jutta beheulte, war er für ihn zu einem Vollidioten mutiert. Er war immer öfters zu ihm gekommen, um ihn um Rat zu fragen, wie er mit »diesen arroganten Studenten«, wie er sie nannte, umgehen sollte. Als Sedlmeier ihn neulich fragte, »Glaubst du, meine Studenten mögen mich?«, und ihn dabei anschaute wie ein verschüchtertes Kind, das mit dem Daumen im Mund in der Schule herumläuft, hätte er ihm am liebsten gesagt, er solle nicht ihn fragen, sondern seinen Psychiater. Brigitte lästerte über ihn, wenn sie den Namen Bruno Sedlmeier hörte. »Wetten, dass seine Studenten ihn BS nennen, BS für *bullshit*«, sagte sie. »Dein Bruno hat einen Riesensprung in der Schüssel, und *du* hast ihn auch noch geheuert!«

»Das glaube ich einfach nicht«, sagte Arthur zu Horowitz. »Der Mann ist eine Null, der ist doch völlig unfähig.«

92

»Eigentlich wollten sie ihn ja feuern«, sagte Horowitz.

»Wirklich? Wann denn?«

»Sobald dein Vertrag ausläuft. Sie sagen, ich hätte ihn damals nur eingestellt, weil du mit ihm an einer gemeinsamen Studie arbeiten wolltest. Deshalb hättest du dich für ihn so eingesetzt.«

Arthur spürte einen Juckreiz auf der Handoberfläche. »Aber das stimmt nicht«, schrie er. »Ich habe nie von einer gemeinsamen Studie gesprochen.«

»Nun, *die* sagen etwas anderes.«

»*Wer* sagt das?«

«Der Verwaltungsrat.«

»Zuerst wollen sie ihn feuern, und jetzt befördern sie ihn. Was soll das?«

»Die Stelle eines akademischen Direktors haben sie nur geschaffen, damit sie nach außen sagen können, dass es mit dem HIT aufwärts geht. Sie brauchten jemand für diesen Job, und da kam ihnen dein Bruno gerade recht. Der ist billiger und viel einfacher zu handhaben als jemand, den sie von außen heuern müssten. Und stell dir vor, sie haben ihm sogar eine Vertragsverlängerung angeboten, falls er seine Sache gut macht.«

Arthur kratze sich an der Hand. Er zitterte vor Empörung. »*Was* soll er denn gut machen? Die Topfpflanzen im Foyer gießen?«

Horowitz lachte: »Du traust ihm ja gar nichts zu.«

»Viktor, der Mann will, dass ich ihm sage, dass die Studenten ihn gernhaben. Er glaubt, sie werden ihm schlechte Noten geben, wenn er nicht nett zu ihnen ist.

Eine Elektroschocktherapie würde ihm guttun, am besten Ganzkörperstromschläge im Sekundentakt. Was soll er denn als akademischer Direktor tun?«

»Er hat den Auftrag, die Pläne Assmanns umzusetzen. Der Fakultätsrat ist jetzt aufgelöst und ab sofort kümmert Sedlmeier sich um die Rekrutierung von Professoren, wobei ich davon ausgehe, dass es hier eher um die Ablösung unserer Professoren durch billige Gastdozenten geht. Er soll unter anderem auch das Lehrprogramm auf ein neues Fundament stellen, was immer das heißen mag. Und er soll neue Evaluationskriterien für die Arbeit der Professoren zusammenstellen. Was er sonst noch alles tun soll, dass er zum Beispiel die *Staff Meetings* leiten und die Anträge der Studentenprojekte prüfen soll, steht in einem dieser Protokolle. Also so wie es aussieht, wird dein Bruno umfassende Kontrolle im Klein-Klein dieses Ladens ausüben. Alles in einer Hand sozusagen, beziehungsweise in der Hand von Assmann.«

»Das hört sich an wie das Ceausescu Regime in seinen letzten Jahren.« Arthur spürte plötzlich einen scharfen Stich in der Schläfe, der ihn zusammenzucken ließ.

»Ist was?«, fragte Horowitz.

»Kopfweh, und ich glaube mir wird schlecht.«

»Wegen Sedlmeier? Warte, bis du die Protokolle gelesen hast, dann wirst du mit dem Kopf aus der Kloschüssel gar nicht mehr rauskommen.«

Horowitz lachte über seinen eigenen Witz und bekam ein Hustenanfall, was Arthur veranlasste, ihm von seinem Mineralwasser einen Schluck anzubieten, worauf

Horowitz zu ihm sagte, er müsse jetzt gehen. Arthur solle noch einige Zeit sitzenbleiben, am besten, er solle sich noch etwas bestellen und erst nach einer halben Stunde das Bistro verlassen. Aber zuerst solle er den Wirt nach dem schnellsten Weg zum Bahnhof fragen. Er solle ihm sagen, er wolle seinen Zug in die Schweiz nicht verpassen, nach Lugano, wo er wohne. »Die sollen glauben, du kommst aus der Schweiz. Sicher ist sicher«, sagte Horowitz und stand auf. Er legte ein paar Münzen auf den Tisch, nickte dem Wirt hinter der Theke zu, deutete auf die Münzen und verließ das Bistro.

***

Weil Arthur um neunzehn Uhr eine Seminarveranstaltung hatte, kam er erst spätabends dazu, einen Blick in die zwei knapp vierzigseitigen Protokolle zu werfen, die beide auf jeder Seite in der Kopfzeile die Worte „STRENG GEHEIM« in Großbuchstaben und in Rot gedruckt enthielten. Das Protokoll, das er sich zuerst vornahm, war auf die Woche vor Assmanns Stellenantritt datiert. Was er darin las, entsprach seiner Vorstellung einer Lagebesprechung völlig zerstrittener Mossad-Agenten. Offenbar wollte jeder im Verwaltungsrat seine Meinung im Protokoll festgehalten haben. Arthur sah die Leute vor sich, ein Dutzend Personen, allesamt ältere Männer. Sie reden wild durcheinander, jeder hat etwas ungemein Wichtiges zu sagen, jeder gibt seine persönliche Einschätzung der Lage am HIT ab und es werden schwere Vorwürfe, wüste Beschimpfungen und letzte Warnungen in den Raum geworfen.

Das Streitgespräch drehte sich im Kern um die desaströse finanzielle Lage am HIT. Die Einnahmen hatten von Anfang an weit unter den Erwartungen gelegen. Die Mitglieder des Verwaltungsrats waren sich uneinig darüber, wie es mit dem HIT nun weitergehen solle. Im Protokoll standen Begriffe wie Weiterentwicklung, Rückentwicklung und Abwicklung. Diejenigen im Verwaltungsrat, die eine Schließung des HIT zum Ende des laufenden Studienjahres in Betracht zogen, machten sich Gedanken über die Art und Weise, wie man die einzelnen Schritte einer Abwicklung an die Mitarbeiter und Studenten kommunizieren solle. Andere, die das HIT am Leben erhalten wollten, drohten, ihren finanziellen Verpflichtungen nicht mehr nachzukommen, wenn man nicht in spätestens zwei Jahren schwarze Zahlen schreibe. Alle waren sich einig, dass die Vergütung sowohl der am HIT fest angestellten Professoren als auch der Gastprofessoren und Teilzeitdozenten gekürzt werden müsse. Es herrschte ebenso Konsens darüber, dass Horowitz einen Großteil der Verantwortung für den Niedergang der Hochschule trug, aber sie waren sich uneins, welche Fehler man Horowitz im Einzelnen vorwerfen solle. Der meistgenannte ihm anzulastende Fehler war seine angebliche Unfähigkeit in der Akquisition von Studenten. Er habe eine zu geringe Zahl Bewerber zum Studium zugelassen, behaupteten sie. Besonders bei Bewerbern aus Asien hätte er bei den Selektionskriterien großzügiger sein sollen. »Die Asiaten haben sowieso keinen Durchblick«, wurde Herr Eberle im Protokoll zitiert. Eberle war einer von den drei Personen, die auf ein ausführliches Verbalprotokoll bestanden hatten. Auch das stand im Protokoll, einschließlich Eberles Begründung für den Beschluss, auch sehr persönliche Meinungen namentlich im Protokoll aufzunehmen.

Sie stritten sich auch darüber, wie die zukünftige Öffentlichkeitsarbeit des HIT aussehen solle. Zur finanziellen Lage wurde umfassendes Stillschweigen als beste Option genannt. In anderen Problembereichen müsse man zur Form des Schönredens einen Beschluss fassen, und Falschmeldungen müsse man so formulieren, dass man die Öffentlichkeit täuschen könne. Sprachregelungen für den Geschäftsführer zur Beantwortung von Fragen von Seiten der Medien wurden vorgestellt und später wieder verworfen. Einige meinten, die Entscheidung über Sprachregelungen solle man Assmann überlassen, andere meinten, der Verwaltungsrat solle zumindest Vorschläge dazu machen. Die Presse sei »für uns brandgefährlich«, sagte Herr Bäuchle, man solle auf keinen Fall Presseleute ins Haus lassen. Herr Hauber stimmte dem zu. Presseleute seien Hanswurste, denen man nicht über den Weg trauen sollte, und deshalb sei es auch angebracht, den Ausdruck »Hanswurst« ins Protokoll zu schreiben. Herr Ströbele dagegen meinte, man solle die Presse »von Anfang bis Ende kooptieren«, man solle die Presse »Werbung für uns machen lassen«. Herr Bäuerle bot an, die Werbeabteilung seines Unternehmens mit der

Konzipierung reißerischer Werbetexte zu Neuerungen im Studienangebot des HIT zu beauftragen. Man könne diese Neuerungen zum Beispiel als »Innovation eines *Global Players*« deklarieren. Man könne auch die öffentlichen Medien für die Verbreitung dieses Begriffs einsetzen. Als Alternativen zu diesem Begriff wurden Begriffe wie »neues Wachstum«, »*Strategic Turnaround*«, und »Internationalisierung der Stuttgarter Bildungslandschaft« genannt. Sie sprachen auch über Zahlungen an die Stadt Herrenberg, die eine sofortige Teilrückzahlung von Geldern gefordert hatte. Über die Höhe und den Zeitpunkt dieser Zahlungen war es zu einem heftigen Streit gekommen, nachdem Herr Kötzle im Verwaltungsrat vorgeschlagen hatte, dem Berater des Stadtrats, mit dessen jüngster Schwester Kötzle seit einem Jahr verheiratet war, für seine Vermittlungsbemühungen ein Sachgeschenk zu machen, zum Beispiel in Form eines Wellness-Wochenendes in einem Nobelhotel im Südschwarzwald.

Die Diskussion über die Erwartungen an Assmann als neuer Geschäftsführer umfasste vier Seiten im Protokoll. Es war die Rede von harten Maßnahmen, die Assmann ergreifen sollte, um das HIT zu »retten«. Er habe aufgrund seiner langjährigen Lehrstuhlerfahrung in BWL an einer staatlichen Universität die passende Qualifikation und die Autorität, die nötigen Veränderungen am HIT auch gegen den Willen der Mitarbeiter durchzusetzen. Er würde dafür bezahlt, Köpfe rollen zu lassen. Wie er das anstelle, sei ganz ihm überlassen, und man würde ihm am Erfolg bei dieser Arbeit messen. Wie einige zu

Protokoll gaben, gehe es dem Verwaltungsrat nicht nur um Kosteneinsparungen, sondern auch um die Entsorgung von Mitarbeitern, von denen man am ehesten Widerstand erwarten könne. Da seien »sicherlich ein paar Schmalspurprofessoren« dabei, die man baldmöglichst loswerden sollte. Assmann habe, was seine Publikationserfolge angehe, »einige Defizite«, doch dies sei angesichts seiner Aufgaben, diese Hochschule vom »Überschuss an teurem Lehrpersonal« zu befreien, »bedeutungslos«.

Das andere Protokoll, datiert auf die Woche vor Arthurs Treffen mit Horowitz in Tuttlingen, enthielt eine zwei Seiten lange Zusammenfassung der Diskussion zum Beschluss, Sedlmeier zum akademischen Direktor zu ernennen. Die Einrichtung der Stelle eines akademischen Direktors war im Rahmen der neuen strategischen Zielsetzung für das HIT konzipiert. Die vorgegebene Marschrichtung in Sedlmeiers Arbeit zielte unter anderem darauf ab, Leute im Lehr- und Verwaltungspersonal zu identifizieren, die für die Weiterführung des HIT »überflüssig« seien. Sedlmeier solle in der »schnellen Aussortierung« dieser Personen aktiv mitwirken. Es hieß, Horowitz habe den Professoren Verträge mit viel zu langer Laufzeit gegeben. Die unbefristeten Verträge, die manche bekommen hätten, seien völlig unnötig gewesen. Man hätte *alle* Lehrkräfte von den umliegenden Universitäten und Fachhochschulen holen sollen. Dort seien genug Leute, die nach Möglichkeiten suchten, ihr Gehalt aufzubessern. Durch geschicktes Taktieren bei den Bewertungen der Lehrkräfte solle man nun gegensteuern und die Zahl der unbefristet angestellten Professoren so schnell wie möglich reduzieren, durch, wie es hieß, »gewisse Anreize«, deren Gestaltung zu den Hauptaufgaben Sedlmeiers gehöre. Er solle Assmann in der Geschäftsführung unterstützen, und zwar so, dass er sich selbst als Teil der Geschäftsleitung fühle, obwohl er Assmann als »Zuarbeiter« unterstellt sei, wie Herr Häberle im Protokoll zitiert wurde. Um Sedlmeier diese Aufgabe schmackhaft zu machen, solle man ihm die Möglichkeit geben, seine eigenen Ideen zu Personalkostensparmaßnahmen und deren Umsetzung zu entwickeln. Dies würde ihn motivieren, in dieser Sache besonders gründlich vorzugehen.

Offenbar hatte es eine heftige Diskussion über die Eignung Sedlmeiers für eine »möglichst geräuschlose Umsetzung der Maßnahmen zur Personalanpassung« gegeben. Diejenigen, die ihn für ungeeignet hielten, verwiesen auf seine fehlende Erfahrung in der »Professorenzunft«. Die Befürworter seiner Beförderung dagegen meinten, der Name Sedlmeier sei für die Öffentlichkeit noch neu und ungebraucht, und deshalb sei dieser Mann perfekt für eine Situation, in der man für das öffentliche Publikum von »Erneuerung« und »neuem Wachstum« dieser Hochschule rede. Mit Vergünstigungen in Form einer Gehaltserhöhung, eines Privatparkplatzes direkt neben dem Assmanns, einer eigenen Sekretärin, die er sich selbst aus dem Pool der »Damen im Haus« aussuchen dürfe, und eines geräumigen Eckbüros mit großen

Fenstern wolle man ihn für diese Aufgabe begeistern. Falls er trotz dieser Anreize nicht anbeiße, solle man mit der Androhung seiner Kündigung Druck auf ihn ausüben. Für die Öffentlichkeit solle die Begründung für seine »Beförderung« so formuliert sein, dass man nicht nur betriebswirtschaftlichen Sinn, sondern auch akademische Gesichtspunkte in dem Beschluss erkennen könne.

Arthur war so angewidert von dem, was er in den Protokollen las, dass er mit dem Gedanken einer vorzeitigen Vertragsauflösung spielte, zum Semesterende, oder vielleicht sofort, drei Wochen vor den Abschlussprüfungen. Er entschloss sich dann aber gegen einen sofortigen Rückzug. Seine Studenten sollten seine Kurse nach Plan abschließen können. Alles andere wäre ihnen gegenüber unfair. Er wüsste auch gar nicht, wie er sich von ihnen verabschieden sollte. Mit einer wahrheitsgemäßen Erklärung seiner Entscheidung? Oder mit einem erfundenen Vorwand? Probleme in der Familie, Probleme mit seiner Gesundheit? Und wie sollte er sich jetzt Assmann gegenüber verhalten? Ihm Steine in den Weg legen, zum Beispiel indem er sich strikt an seinen Arbeitsvertrag halten und alle ihm vertraglich zugesicherten Freiräume in Lehre und Forschung ausschöpfen würde? Oder sollte er einen ausführlichen Brief an den Verwaltungsrat schreiben, in dem er Assmanns Eignung als Leiter einer Hochschule anzweifeln würde? Er könnte natürlich auch ab und zu sein Auto versehentlich auf Assmanns Parkplatz abstellen.

Und was sollte er zu Sedlmeier sagen, wenn er ihn morgen im Gebäude träfe? Mein Glückwunsch zu deiner Beförderung, Bruno. Wenn ich dir bei deinen neuen Aufgaben irgendwie helfen soll, ich hätte da einige Vorschläge. Und falls jemand von den Mitarbeitern zu dir sagen sollte, er mag dich nicht, kann dir bestimmt dein Psychiater unter die Arme greifen. Ich denke, dein Psychiater weiß, was er an dir hat. Du brauchst dich auch nicht zu schämen. Viele Leute machen eine Analyse, wenn sie aus der Bahn geworfen werden. Und deine Jutta wird deinen Gang zum Psychiater bestimmt zu schätzen wissen und dann vielleicht bald zu dir zurückkommen. Dann könnt ihr euch zusammen bei Kerzenschein in die Badewanne setzen und darüber sinnieren, was die zwischenmenschliche Chemie alles aushalten kann, wenn sie stimmt.

Arthur hätte jetzt gern mit Brigitte über diese Protokolle gesprochen, aber sie lag bereits seit einer Stunde im Bett und schlief. Um auf andere Gedanken zu kommen, entschloss er sich, sich mit etwas Literarischem zu befassen. Er holte einen Sammelband von Kafka Geschichten aus dem Regal im Wohnzimmer und setzte sich auf die Couch. Auf der Suche nach einer Geschichte, die Entspannung versprach, blieb er beim Durchblättern am »Ein Bericht für eine Akademie« hängen und fing an zu lesen. Schon nach den ersten paar Zeilen fragte er sich, welchen Bericht *er* dem Verwaltungsrat des HIT vorlegen würde, welche Art von Rede *er* vor diesen Leuten halten würde. Würde er sich wie Kafkas Rotpeter als Affe ausgeben und den feinen Herren zu verstehen geben, dass sie ungesitteter seien, als ein Affe, wenn sie mit einer Banane vor seinem Gesicht herumwedeln und affenartige Geräusche von sich geben? »Meine Herren, darf ich offen mit Ihnen reden? Was ich Ihnen zu sagen habe, würde ich nicht sagen, wenn ich meiner Stellung in einer zivilisierten Tierwelt nicht sicher wäre.«

Er konnte Kafkas kurze Geschichte nicht zu Ende lesen, nicht nur, weil sie ihn mental aufwühlte. Seine linke Schulter schmerzte und sein Kopf dröhnte. Seit dem Gespräch mit Horowitz hatten ihn heftige Kopfschmerzen geplagt. Auf der Heimfahrt von Tuttlingen hatte er sogar auf einem Parkplatz eine Pause einlegen müssen, nachdem er die Augen vor Schmerzen so stark hatte zukneifen müssen, dass er Angst hatte, von der Fahrbahn abzukommen. Waren das die Anfangserscheinungen einer Migräneerkrankung? Würde er bald jeden Mittag eine zweistündige Pause einlegen und sich ins Bett verkriechen müssen, wo er dann bei zugezogenen Vorhängen mit geschlossenen Augen und mit Gummistöpseln in den Ohren auf die Erlösung von den Schmerzen warten würde, eine Erlösung, die doch nur vorübergehend wäre? Wäre eine Migräneerkrankung nicht ein Grund, eine Vertragsauflösung anzustreben, oder sich für längere Zeit krankschreiben zu lassen, oder, Moral hin oder her, einfach nicht mehr in seinem Büro zu erscheinen?

Sollte er mit Assmann Klartext reden und ihm die Situation schildern, die für ihn die Arbeit am HIT unmöglich machte? Aber was genau war denn die »Situation«, die ihm so zu schaffen machte? Die Beförderung Sedlmeiers zum akademischen Direktor mit weitreichenden Entscheidungsbefugnissen? Die Aufwertung dieser lächerlichen Kreatur, eines Halbaffen, der noch vor wenigen Wochen bei ihm zu Hause Rotz und Wasser heulend am Tisch saß und selbstzufrieden behauptete, er gebe seiner Frau alle Freiheiten, sich zu verwirklichen? Oder das Wissen, dass im Verwaltungsrat Leute am Werk waren, die anfangs vielleicht ernsthaft geglaubt hatten, das HIT sei mit dem amerikanischen MIT zu vergleichen, und die auf dem Weg vom schwäbischen MIT zum großdeutschen MIT jetzt noch schnell einen Außenposten in Lappland aufbauen wollen? Das ist doch alles eine Riesenfarce, sagte er sich. Und wegen einer solchen Farce bekomme ich Migräne! Auch das wäre eine Farce. Irgendwann würde er vielleicht wegen Migräne, Schulterschmerzen und Bauchkrämpfen zu einem Psychiater in die Analyse gehen müssen. Und wenn er in dessen Wartezimmer Sedlmeier in die Arme liefe, würde er sich umbringen. Er blieb auf der Couch sitzen und schlief erst ein, als es draußen schon langsam hell wurde.

***

Um halb fünf am Freitag der darauffolgenden Woche hielt Dr. Häberle am HIT eine geradezu kosmische Rede. Alle Mitarbeiter, alle fest angestellten Professoren, einige Dozenten sowie ein Drittel der Studenten waren in den großen Konferenzsaal des HIT gekommen, zusammen etwa siebzig Personen. Assmann hatte eine Einladung in Form eines Rundschreibens an »Liebe Kollegen, liebe Mitarbeiter, liebe Studenten« geschickt, mit dem Hinweis, dass die Rede von Herrn Dr. Häberle voraussichtlich bis über das Ende der Kernzeit am HIT hinaus dauern würde, ein Hinweis darauf, dass die Mitarbeiter zum regulären Ende des Arbeitstages nicht einfach davonrennen dürften. Dr. Häberle sei der Vorsitzende des Verwaltungsrats, hieß es in der Einladung, sowie Geschäftsführer und Inhaber des größten, am HIT engagierten Unternehmens, der Oral Biotek GmbH. Pressemitteilungen und Werbebroschüren des HIT hatten dafür gesorgt, dass die Bedeutung Häberles den Anwesenden im Saal schon seit langem bekannt war. Auch in den Lokalzeitungen im Stuttgarter Raum stand immer nur Großartiges über die Person Häberle. Worte wie »Unternehmergeist« und »Weitblick« kamen in den Berichten besonders oft vor.

Häberle präsentierte sich in seiner Rede als gutmütige Seele, als Mensch, dem der Erhalt von Humanität in einer wettbewerbsorientierten Gesellschaft am Herzen lag und der sich stolz zeigte, sich für das Wohl aller seiner Mitarbeiter, egal in welcher Position sie arbeiteten, tagtäglich einsetzen zu dürfen. Niemand hätte im Entferntesten behaupten können, das Interesse der Anwesenden an der Zukunft dieser Hochschule sei ihm gleichgültig. Dass Häberle auch politisch ein bedeutender Mann war, konnte man schon an seiner Körperhaltung erkennen. Er stand hinter dem Rednerpult, aufrecht und das Pult mit beiden Händen festhaltend, und zwar so, dass es aussah, als stütze *er* das Pult, und nicht umgekehrt. Während der gesamten Vorstellung richtete er den Blick fest in die Runde, außer wenn er über eine Vision sinnierte, die so originell und weitreichend war, dass man an deren Umsetzung erst in der fernen Zukunft denken konnte. In diesem Fall blickte er in Richtung Fenster, eine knapp zehn Meter lange, bis zum Boden reichende Glasfront, durch die die Sonne an diesem Spätnachmittag die letzten warmen Strahlen schickte und Assmanns Kopf in der ersten Zuhörerreihe zum Leuchten brachte. Bei besonders gewichtigen Ideen ließ Häberle den Blick langsam über den ganzen Saal gleiten. Obwohl er stand und alle Zuhörer saßen, gab er sich nicht wie jemand, der über allen thronte. Für herablassende Freundlichkeit war er zu erhaben, vor so viel menschlicher Reife konnte man sich nur verneigen.

Bereits zu Beginn seiner Rede fühlte Arthur sich an viele seiner Beraterkollegen erinnert, die wenig Substantielles zu sagen hatten, sich aber mit Rhetorik und Körpersprache gekonnt in Szene zu setzen wussten. Nach ein paar Minuten freundlichen Geplänkels – »Schön, dass so viele von unserem HIT-Team gekommen sind … Ich freue mich, vor Ihnen stehen zu dürfen … Wir können stolz sein auf das, was wir schon erreicht haben« – zog Häberle sein Sakko aus, ein Zeichen, dass der Moment gekommen war, wo es mit seinem Vortrag richtig ernst wurde. Die Spannung wuchs um weitere Grade, als er wenig später die Manschettenknöpfe öffnete, um dann die Ärmel seines Hemds bis fast zu den Ellbogen nach oben zu rollen. Sein energisches Ärmelaufkrempeln zeigte, dass er als Macher gesehen werden wollte, als jemand, der ein unmissverständlich klares Ziel vor Augen hat und im Besitz der zum Erreichen seines Ziels nötigen finanziellen Mittel ist. Nur an Zeit fehlt es diesem Mann der Tat, was nicht verwundern sollte, denn er hat ein großes Unternehmen mit Niederlassungen in drei Ländern zu leiten. Großartiges kann nicht ohne Opfer erreicht werden, sagte sein Blick, wenn er Worte wie Zukunft und Vision in den Mund nahm.

An manchen Stellen seiner Rede konnte man den Eindruck haben, Häberle sei die Verkörperung des protestantischen Kapitalismus schlechthin, obwohl er, wie es in den Zeitungen hieß, als überzeugter Katholik drei katholische Einrichtungen in der Region finanziell unterstützte. Er sprach von der Umstrukturierung des HIT, als gehe es bei dieser Hochschule um eine Investition in die Zukunft ganz Württembergs. »Die Umstrukturierung ist notwendig, wenn wir alle unsere ambitionierten Ziele erreichen wollen. Das habe ich mir selbst versprochen«, sagte er und umriss in groben Zügen, wie er sich die Umstrukturierung vorstelle. Es gebe einige Dinge zu »optimieren«, und für diese »spannende Aufgabe« habe man einen erfahrenen Geschäftsführer eingestellt, der viele Jahre an einer nicht nur in Deutschland bekannten Universität einen Lehrstuhl innegehabt habe und sich nun auf seine neuen Aufgaben am HIT und besonders auf die Zusammenarbeit mit allen Mitarbeitern am HIT freue.

Der Einsatz der Belegschaft sei bisher »äußerst bewundernswert« gewesen, sagte Häberle. Man habe das Glück, in der Fakultät nicht nur bekannte Universitätsprofessoren aus verschiedenen Ländern zu haben, sondern auch mehrere Professoren und Dozenten von umliegenden Hochschulen, die sich mit »riesigem Engagement« für das HIT einsetzten. Er habe großen Respekt vor allen Mitarbeitern und er sei sich sicher, dass sie ihre Kompetenzen weiterhin tatkräftig einbringen werden. Es gehe nämlich um nichts weniger als die »strategische Erneuerung« einer im Grunde »hervorragend aufgestellten« Weiterbildungseinrichtung, von der sogar im amerikanischen *Wall Street Journal* die »Rede gewesen war«. Dass es in diesem Zeitungsartikel ganz allgemein um die Hochschulpolitik in Deutschland ging und das HIT zusammen mit vier anderen Privathochschulen nur in einem Nebensatz erwähnt wurde, sagte er nicht. »Meine Damen und Herren«, sagte Häberle, »wir haben bisher ausgezeichnete Arbeit geleistet. Unsere Studenten haben das Beste, was wir zu bieten haben, genießen können. Und mit dem bei uns Erlernten haben sie einen Grundstein für ihre weitere berufliche Karriere bilden können. Der Verwaltungsrat ist sich einig, dass wir den Aufbau dieser innovativen Einrichtung zügig vorantreiben wollen. Und ich weiß, dass ich dabei auf Ihre volle Unterstützung zählen kann.«

Die »strategische Erneuerung« des HIT werde zukunftsträchtig sein, versprach er mit der Miene eines unternehmerisch denkenden Geschäftsmannes. Man wolle

»strategisch klug« vorgehen, eine Bemerkung, die Arthur dazu brachte, über die logische Unmöglichkeit strategisch *un*klugen Handelns nachzudenken. Sollte er Häberle fragen, ob es vielleicht »strategisch dumm« wäre, in der anvisierten strategischen Erneuerung unkluges Handeln auszuschließen? In einem dynamischen Markt wisse man im Vorfeld nicht, ob unkluge Entscheidungen sich vielleicht nicht doch einmal als klug erweisen könnten. Er könnte ihn auch fragen, nach welchen strategisch klugdurchdachten Kriterien man kluges von unklugem Handeln am HIT unterscheiden würde, und ob man nur die strategisch klug denkenden Professoren in der Entscheidungsfindung einbinden würde? Aber Häberle wäre zu klug, um sich von ironisch gemeinten Fragen unterbrechen zu lassen. Er war voll im Schwung, seine Gedankengänge ohne Störung zu Ende zu führen.

Häberle sagte, man würde innovativ vorgehen und langfristig denken. Man strebe zum Beispiel Kooperationsprojekte mit ausländischen Universitäten an, wobei er sich »strategische Partnerschaften« vorstelle, die, dem Zeitgeist entsprechend, »strategisch flexibel ausgerichtet« sein würden und gleichzeitig für einen »spannenden Kulturaustausch zwischen den Völkern« sorgen würden. Mit Blick auf die Bedeutung des Kulturaustausches und der sozialen Kompetenz, die man dadurch erwerben würde, habe er auch die Teilnahme »unserer Studenten aus den unterschiedlichsten Ländern« an Sportveranstaltungen in Herrenberg und an anderen Orten in der näheren Umgebung im Visier. Er würde dafür den Aufbau einer HIT-Fußballmannschaft mit der Bereitstellung eines von ihm persönlich bezahlten Trainers unterstützen.

Was das Lehrprogramm betreffe, strebe man einen führenden Listenplatz in den besten internationalen Rankings an. »Um dieses Ziel zu erreichen, müssen wir alle hart arbeiten«, sagte er, »und in weniger wichtigen Bereichen müssen wir vielleicht den Gürtel etwas enger schnallen. Wie wir alle wissen, eine prächtige Zukunft erfordert immer einige Opfer und auch ein gewisses Maß an Demut.« Bei diesem Satz legte er seinen erhobenen katholischen Zeigefinger an seine Nase und wiederholte die Aussage in einer etwas anderen Form: »Eine rosige Zukunft stellt sich nicht von allein ein, meine Damen und Herren.« Dem fügte er »Ladies and Gentlemen« hinzu, ein Zeichen, dass er sich auch über die nur Englischsprachigen unter den Zuhörern Gedanken machte. Das HIT sei ein »*Rising Star* am Himmel privater Hochschulen in Baden-Württemberg, wenn nicht gar in ganz Deutschland«, eine Einrichtung, die »neues Leben in unsere Universitätslandschaft bringt«. Den Blick auf die Studenten gerichtet, die zum großen Teil in den hinteren Reihen saßen, verkündete er: »Meine Damen und Herren, Ladies and Gentlemen, Sie sind die *High Potentials* unseres Landes.«

Häberle hatte im öffentlichen Reden viel Erfahrung, das war offensichtlich. Im Gebrauch von Plattitüden und Tautologien war er Weltmeister. Es war ihm wichtig, mit seinen Worten in eine Richtung zu weisen, nach vorne, nach oben, und immer in eine Richtung, die er mit positiv belegten Begriffen wie Innovation und Erneuerung bereicherte. Zu diesem Zweck nahm er auch einige der gängigen englischen Managementkonzepte in den Mund. Die Begriffe *Strategic Renewal*, *Benchmarking* und *Total Quality Management* benützte er sogar mehrmals. Er sprach auch vom »Erfolg durch Menschen«. Mit strahlenden Augen verkündete er: »Wir stehen auf einem hervorragenden Fundament und wir wollen als *Best-Practice*-Hochschule Vorreiter in der Universitätslandschaft sein. Die ersten wichtigen Schritte in diese Richtung haben wir bereits vollzogen, und die weiteren Schritte werden das Allerbeste aus uns herausholen. Meine Damen und Herren, in den nächsten Monaten werden Sie erkennen, dass Sie stolz sein können auf Ihre Fähigkeiten, so wie ich stolz bin, ein Teil unseres HIT-Teams zu sein. Herr Professor Assmann wird dazu die richtigen strategischen Entscheidungen treffen und die nötigen Optimierungsmaßnahmen nach den Regeln effizienter Optimierung in Angriff nehmen.

Wenn er gelegentlich einen Satz auf Englisch, mit nicht zu überhörendem deutschem Akzent, sagte, fasste er sich kurz. »*Wie aar a greit team*«, sagte er an einer Stelle, als es um die Bedeutung kooperativen Verhaltens im Mitarbeiterstab ging. Er ließ den Zuhörern ein paar Sekunden Zeit ließ, um das volle Gewicht dieser Feststellung ermessen zu können, ehe er hinzufügte: »Ladies and Gentlemen, es gibt nichts Spannenderes, als am Aufbau einer so wichtigen Einrichtung wie einer technologieorientierten Hochschule mitzuwirken. Wenn wir alle zusammenarbeiten, und ich weiß, dass wir das tun werden, werden Sie einmal mit Stolz auf diese Gründerzeit zurückblicken, und Sie werden zu Ihren Kindern sagen können: Ich war auch dabei. *Ei waas also sär.*«

Dies war auch die Stelle in seiner Rede, an der Häberle etwas aus seinem persönlichen Leben ins Spiel brachte: »Mir liegt die Zukunft unserer Hochschule am Herzen, so wie mir die Zukunft meines Enkelsohnes nahe liegt.« Im Grunde sei er selbst nicht viel anders als die Studenten in diesem Saal, sagte er, optimistisch, hart arbeitend und international offen denkend. Durch seine vielen Auslandsaufenthalte über die Jahre hinweg habe er ein Auge für kulturelle Aufgeschlossenheit gewonnen. »Wir bewegen uns in einer schnell globalisierenden Welt, wir können es uns nicht leisten, nur unsere eigenen kulturellen Vorstellungen im Blick zu haben. Das fängt schon beim Essen an. In Thailand bin ich vor kurzem von einem Ingenieur gefragt worden, ob man bei uns in Stuttgart auch vegetarisch essen könne. Sie möchten bestimmt wissen, was ich antwortete.« Er ließ seinen Blick langsam über das Publikum wandern, doch niemand meldete sich mit einem Vorschlag. »Kartoffelsalat, habe ich gesagt. Das steht bei uns ganz oben auf der Speisekarte. Ich habe ihm auch erklärt, was Maultaschen sind und dass man Spinat darin verstauen kann.« Dr. Häberle lachte, und auch die Zuhörer im Saal lachten gelöst. Arthur hörte einen hinter ihm sitzenden Studenten zu seinem Nachbar sagen: »Und was ist mit Sauerkraut und Kässpätzle?« Sein Nachbar fügte hinzu: »Und Apfeleierhaber?«

Nachdem Häberle die Kernaussagen seiner Rede zusammengefasst hatte, meldete sich ein Student, ein Taiwanese, der sich in Arthurs Kurs in »Kommunikation: Theorie und Praxis« als besonders eifrig hervorgetan hatte. Er habe gehört, Horowitz sei »gegangen«. Warum sei er nicht mehr am HIT, warum sei er während des Semesters gegangen und warum habe er sich von den Studenten nicht verabschiedet, wollte er wissen. Er habe in seinem Kurs gelernt, dass in Deutschland ein direkter Kommunikationsstil als Zeichen von Verlässlichkeit sehr geschätzt werde. Warum also habe Horowitz seinen Abschied den Studenten nicht mitgeteilt, und warum habe ein anderer Dozent seinen Kurs übernommen, ohne dafür eine Erklärung zu liefern?

Mit kontrollierter Höflichkeit ließ Häberle den Fragesteller wissen, dass er Verständnis für diese Frage habe. Das »Weggehen von Professor Horowitz« sei ihm Rahmen der Umstrukturierung des HIT zu sehen. Und an alle im Raum gerichtet, sagte er: »Ich habe hohe Achtung vor Professor Horowitz. Er war von Anfang an mit dem HIT tief verbunden. Jetzt hat er sich entschieden, auf eine andere Weise einen wichtigen Beitrag zur Weiterentwicklung unserer Hochschule zu leisten und in Finnland beim Aufbau einer Hochschule mitzuarbeiten, mit der wir eng kooperieren werden. Es wird eine spannende Kooperation sein, die Symbiose zweier innovativer Weiterbildungseinrichtungen.« Häberle strahlte über das ganze Gesicht, als er hinzufügte: »Wer weiß, vielleicht wird es ein ganz neues Modell für Kooperationsformen zwischen Universitäten werden. Professor Horowitz wird einen großen Beitrag zum Aufbau dieses Projekts leisten, da bin ich mir ganz sicher. Wir brauchen leistungskräftige Menschen wie ihn.«

»Aber hätte Herr Horowitz nicht auch hier bei uns weiterhin einen Beitrag leisten können?«, war die Frage eines anderen Studenten.

Häberle antwortete mit einer aus der Humanbiologie entlehnten Metapher: »Sie haben vollkommen recht, wir brauchen gute Leute, besonders in einer Einrichtung, die sich so rasant und umfassend entwickelt wie das HIT. Das HIT ist so konzipiert, dass es sich auch in völlig neue Richtungen entwickeln kann. Stellen Sie sich unsere Hochschule als Gehirn vor, als einen funktional differenzierten Organismus mit selbstorganisierenden Kapazitäten und deshalb unendlich anpassungsfähig. Genau darin liegt unsere Stärke, in unserer Anpassungsfähigkeit: Neue Informationen aufnehmen, auf neue Herausforderungen eingehen und für neuartige Lösungen offen sein, auch wenn sie anfangs vielleicht als nicht passend oder als nicht notwendig erscheinen. Und wenn wir erfolgreich sein wollen, müssen wir achtgeben, dass wir anderswo keine Klonen von uns hier produzieren. Und genau das ist die Aufgabe von Professor Horowitz. Er wird in Finnland etwas Neues auf die Beine stellen. Er wird wichtige Impulse setzen und neue Brücken bauen. Er wird sozusagen eine neue Variation unserer Kompetenzen ins Leben rufen, von der wir auch hier in Herrenberg profitieren werden.«

Alles, was Häberle in dieser Dreiviertelstunde sagte, trug den Stempel eines für einen fast Achtzigjährigen ungemein wachen Geistes. Für die Zuhörer konnte es keinen Zweifel geben, dass es mit dieser Hochschule nicht nur weitergehen, sondern ab jetzt steil bergauf gehen würde.

***

Nachdem Häberle seinen Vortrag beendet hatte, verließ er den Raum ebenso schnell wie er gekommen war. Er war auf der Flucht, und niemand sollte ihn aufhalten können. Auch Arthur wollte jetzt nach Hause gehen und sich hinlegen. Sein Kopf hatte gegen Ende des Vortrags zu hämmern begonnen. Draußen vor dem Treppenabgang zum Foyer stellte sich Anita ihm in den Weg. Sie war eine der fünf Sekretärinnen, die bei Häberles Vortrag in der letzten Reihe gesessen hatten. Ihr Blick war der eines aufgescheuchten Rehs, als sie Arthur am Arm fasste und sagte: »Verzeihung, aber könnten wir bitte kurz in mein Büro gehen? Nur für ein paar Minuten, ich muss Ihnen etwas sagen. Ich weiß, Sie wollen heim, Sie sind auch ganz bleich im Gesicht, aber ich muss das jetzt einfach loswerden.«

Ohne ein weiteres Wort zu sagen, eilte sie mit Arthur in ihr Büro. Sobald sie angekommen waren und Anita die Tür hinter sich geschlossen hatte, und noch bevor sie sich beide gesetzt hatten, legte sie los: »Der Kerl hat mich heute Mittag doch glatt angemacht.«

»Welcher Kerl? Assmann?«

»Assmann? Nein, ich meine Sedlmeier. Dieser Mistkerl will, dass ich meine Beine zeige. Mehr Haut will er sehen, sagte er zu mir.«

Arthur setzte sich und holte tief Luft. »Wie, mehr Haut?«

»Er will mehr von meinen Beinen sehen.«

»Das glaube ich nicht«, sagte Arthur, obwohl er keinerlei Zweifel hatte, dass sie die Wahrheit sprach.

»Doch, das hat er gesagt. Sie wissen doch, dass in drei Wochen die MBA-Messe in Köln stattfindet. Sedlmeier will, dass Andrea, ich und Zenetti dort hingehen. Als ich ihm sagte, dass wir in unserer finanziell prekären Lage wohl kaum noch Studenten anheuern können – ich sagte, wer will schon an eine Hochschule gehen, der das Wasser bis zum Hals steht –, schlug er doch glatt vor, ich soll einen kurzen Rock tragen. Das würde die Aufmerksamkeit der Leute auf unseren Messestand ziehen.«

»Vielleicht haben Sie ihn falsch verstanden, Anita.«

»Nein, das habe ich *nicht*. Ich soll aus meinen Beinen Kapital schlagen, sagte er, zum Wohle der Hochschule. Das würde mir auch persönlich helfen. Ich würde mich freier fühlen. Genau das waren seine Worte.«

»Wieso freier fühlen? Das verstehe ich nicht.«

»Er behauptete, als der Minirock aufkam, hätten die Frauen sich freier gefühlt. Der Minirock sei eine Befreiung gewesen, so eine Art feministischer Freischlag. Ich hätte das Recht, mich auch am HIT frei zu fühlen, sagte er.«

Arthur sprang das Bild der barbusigen Marianne in den Kopf, jener Dame mit dem strammen Busen, die das französische Volk auf den Barrikaden in die Freiheit führte. Er hatte die minirockbehangene Anita vor sich, das neue langbeinige Symbol dieser Hochschule. Nach Sedlmeiers Plan soll sie Studenten aus allen Herren Ländern rekrutieren und sie, leichtbekleidet und fröhlich beschwingt, in die akademische Freiheit am HIT führen. Arthur wäre fast in schallendes Gelächter ausgebrochen. »War jemand dabei, als er das zu Ihnen sagte?«, fragte er. »Hat das jemand gehört?«

»Nein, wir waren allein. Ich hätte ihn ja gern hinausgeworfen, aber dann wäre er noch am gleichen Tag mit einer schriftlichen Abmahnung dagestanden, mit diesem anzüglichen Grinsen, mit dem er schon seit Tagen hier im Haus herumläuft.«

»Möchten Sie, dass ich mit ihm rede?«, fragte Arthur.

»Mit dem reden? Das können Sie vergessen. Dieser Schleimbeutel spielt sich auf, als ob der Laden ihm gehört.«

Genau das würde Arthur ihm sagen: »Spiel dich nicht so auf, du Schleimbeutel!« Arthur gefiel Anitas Schleimbeutelbetitelung besser als Neandertaler, wie Brigitte ihn nannte. Für sie war er ein Neandertaler, dem das gewisse Gen fehle, das ihn zu einem zivilisierten Menschen machen würde. Arthur hatte ihn in letzter Zeit nur ein paar Mal, und nur flüchtig gesehen. Er hatte das Gefühl, dass Sedlmeier ihm aus dem Weg ging. Für Brigitte war die Erklärung dafür die, dass Sedlmeier nicht wisse, wie er mit Arthur in der Öffentlichkeit umgehen solle. Arthur hatte ihn geheuert, als Assistenzprofessor mit einem kleinen Lehrauftrag, und jetzt war Sedlmeier sein Vorgesetzter. Jeder im Haus wusste, dass er Arthur das Wasser nicht reichen konnte. Auch vom Äußerlichen her musste es ihm schwerfallen, sich neben Arthur als dessen Vorgesetzter abzuheben. Er war einen Kopf kleiner als Arthur, und sogar kleiner als die Damen im Haus, wenn sie Schuhe mit hohen Absätzen trugen. Wenn er aus den Leuten im Haus herausstach, dann nur deshalb, weil er seit seiner Beförderung in die Geschäftsleitung ein weißes Hemd mit Krawatte trug und sein Auto auf dem Platz direkt neben Assmann parkte. Brigitte behauptete, Leute, die fachlich nichts auf dem Kasten haben, deren Selbstwertgefühl im Eimer ist und die dazu noch kleinwüchsig sind, würden in der Öffentlichkeit nur mit symbolträchtigen Accessoires auftreten, dann aber umso heftiger aus dem Hinterhalt heraus agieren.

Arthur wollte zu Anitas Schleimbeutelbezeichnung einen würdigenden Kommentar abgeben, als es klopfte und Claudia das Zimmer betrat. Sie entschuldigte sich für ihr ungestümes Eintreten und wandte sich dann sofort an Arthur: »Ich weiß nicht, wie ich es anders sagen soll, aber wenn ich an Ihrer Stelle wäre, würde ich von hier abhauen, bevor die Ihnen noch was anhängen. So wie Sedlmeier sich im letzten *Staff Meeting* aufführte, würde ich nicht annehmen, dass er für Sie ...«

»Pst, nicht so laut«, unterbrach Anita. »Wenn er draußen an der Tür lauscht, sind wir dran.«

»Na und!«, lachte Claudia. »Der Laden wird sowieso bald dicht gemacht.«

»Wer hat das gesagt?«, fragte Arthur.

Claudia sah zur Tür, um sich zu vergewissern, dass sie geschlossen war, und sagte: »Das wissen wir doch alle. Die haben den Assmann doch nur geholt, um den Laden abzuwickeln. Wird auch höchste Zeit. Das hier ist keine Bildungsanstalt, eine *Irren*anstalt ist das. Und jetzt haben sie auch noch Sedlmeier in der Geschäftsleitung. Die ganze Geschäftsleitung besteht jetzt nur noch aus Idioten.«

Als Sekretärin in der Verwaltung muss sie es ja wissen, dachte Arthur. »Wer ist denn Ihrer Meinung nach der größte Idiot hier?«, fragte er sie.

Claudia sah Anita an: »Für mich ist es Bruno. Oder was meinst du?«

Anita erwiderte: »Ich würde eher sagen, Häberle. Wir haben ihn doch gerade gehört. Er mag vielleicht ein erfolgreicher Unternehmer sein, aber von der Leitung einer Hochschule hat er keinen blassen Schimmer.«

Claudia nickte. »Stimmt. Wenn er etwas von Hochschulen verstünde, würde er keine so blöden Fragen stellen.«

»Was will er denn wissen?«, fragte Arthur.

Claudia antwortete: »Andrea hat mir einmal ein paar seiner Schreiben an Horowitz gezeigt. Er wollte wissen, ob Forschung an einer Privathochschule wirklich so wichtig sei, ob es nicht genüge, den Professoren Lehrbücher zu geben, aus denen sie ihren Studenten vorlesen können, so wie er es selbst wahrscheinlich als Student erlebt hatte, was ein halbes Jahrhundert zurückliegt, denke ich mal. Und dann hat er auch noch gefragt, wie ein Hochschulranking zustande kommt, ob es da nicht Möglichkeiten gäbe, die Zahlen so hinzudeichseln, dass wir besser dastünden.«

Anita sagte grinsend zu Arthur: »Das ist die Häberle Methode, uns in die oberste Weltklasse zu katapultieren! Genau so kamen sie auch auf das neue Akronym für diese Spätzlesuni. In der Landschaft privater Hochschulen sind wir jetzt der Hit. Und was für ein Hit!«

»Sag doch gleich *shit*«, warf Claudia ein. »Das geht genauso leicht über die Zunge wie HIT, und es entspricht sogar der Wahrheit. Ein Scheißladen sind wir. Haben Sie das nicht auch schon mal gesagt?«, fragte sie Arthur.

Er zuckte zusammen. Wie weit hatte es sich im Haus schon herumgesprochen, dass er mit Horowitz über die Namensänderung gewitzelt hatte? »Sie meinen S.I.H.T.? Für was soll das S in diesem Kürzel denn stehen?«

Claudia sah Anita an. »Was meinst du, sollen wir Sedlmeier fragen? Der müsste es am ehesten wissen.« Und zu Arthur sagte sie: »Ein Vorteil dieses Akronyms ist der, dass wir uns alle hier mit dieser Scheiße wunderbar identifizieren können. Das wollen diese Idioten da oben doch, die wollen, dass wir uns als Teil dieser Anstalt fühlen. Die Identifikation der Mitarbeiter mit der Organisationskultur sei das A und O, hat Sedlmeier uns neulich im *Staff Meeting* gesagt, und er hat uns einen langen Vortrag dazu gehalten. Er hat irgendwas von Metaphern gefaselt.

Metaphern hätten eine ungeheure Aussagekraft. Recht hat er, unser Bruno. SHIT könnte auch so eine Art Metapher sein, eine Metapher für sein arrogantes Vorgesetztengehabe.«

»Dann sag doch gleich, dass sein Verhalten beschissen ist«, sagte Anita. »Das geht auch ohne Metapher.«

Arthur erinnerte sich, dass Sedlmeier in seinem Vorstellungsinterview von einer Unternehmenskultur gesprochen hatte, in der der Mensch etwas zählt, nur was genau er zählt, hatte er nicht gesagt. Zu Anita und Claudia sagte Arthur: »So wie ich ihn kenne, hat er in diesem *Staff Meeting* bestimmt auch von einer sogenannten humanen Organisationskultur gesprochen. Das war das Thema seiner Dissertation über Unternehmensethik.«

»Ja, das habe ich gehört«, sagte Claudia. »Im *Staff Meeting* hat er was von ›geteilten Werten‹ gesagt. Organisationskultur sei etwas, das man nicht immer aussprechen kann, das aber gelebt wird, etwas, das Sinn stiftet und bei den Mitarbeitern einen festen Platz im Hinterkopf hat. So hat er das gesagt, und genau so ist es! Wenn ich den Sedlmeier sehe, kommt mir alles hoch, was ich über ihn im Kopf gespeichert habe, diese ganze Scheiße, die er in den *Staff Meetings* von sich gibt. Der Kerl widert mich an. Und heute früh hat er mich so komisch angesehen. Da dachte ich, Scheiße, will der was von mir?«

Arthur überlegte, ob er ihr sagen soll, dass dieser Schleimbeutel bestimmt nichts dagegen hätte, wenn sie im nächsten *Staff Meeting* mit einer durchsichtigen Bluse erscheinen würde. Aber die Sache war zu ernst, als dass er darüber Witze machen wollte. »Wenn Sie so sicher sind«, sagte er zu ihr, »dass dieser Laden geschlossen wird, kann ich mir vorstellen, dass Sie bereits auf der Suche nach einem neuen Job sind.«

Ohne zu zögern, sagte sie: »Noch nicht. Es könnte sein, dass ich bald schwanger bin. Aber ich muss das noch mit meinem Mann besprechen. Der weiß noch gar nichts davon.«

Anita lachte: »Dann wird's aber Zeit, Claudia. *Meinem* Mann habe ich schon gesagt, was auf ihn zukommt. Und Moni spielt auch schon mit dem Gedanken, ihren neuen Freund in die richtige Stimmung zu bringen.«

Arthur erinnerte sich, eine Studie über soziale Netzwerkstrukturen gelesen zu haben, die zeigte, dass die Entscheidung für eine Schwangerschaft über mehrere Ecken hinweg ansteckend ist. Eine Frau erlebt die Schwangerschaft ihrer Schwester und entscheidet sich ebenfalls für eine Schwangerschaft. Sie wird wiederum kopiert von einer Kollegin, deren Nachbarin danach ebenfalls schwanger wird. »Bald sind alle Frauen hier schwanger«, sagte Arthur und lachte. »Der Mechanismus, der das antreibt, heißt ›soziales Lernen‹.«

»Ist mir egal, wie das heißt«, schnaubte Anita. »So wie man mit uns hier neuerdings umgeht, steht uns eine längere Auszeit zu. Ich freue mich schon auf den Tag, wenn fast keine mehr von uns hier ist und Assmann und sein Brandstifter dann alles selbst machen müssen.«

***

Der Besuch Simon Siegenthalers war von Arthur schon seit Anfang des Semesters vorbereitet gewesen. Arthur kannte ihn aus ihrer gemeinsamen Studienzeit an der Princeton University. Siegenthaler, der an der Brown University in Rhode Island lehrte, befand sich gerade für ein paar Tage an der Universität Karlsruhe. Arthur hatte ihn nach Herrenberg für einen Gastvortrag in einem seiner Kurse eingeladen. Er freute sich, seinen Studenten einen international bekannten Professor vorstellen zu können. Außerdem wollte er die Gelegenheit nützen, sich mit einem Freund, der sich in seiner Arbeit voll und ganz wissenschaftstheoretischen Fragen widmen konnte, über die größtenteils wissenschaftsleere Welt eines typischen Unternehmensberaters zu unterhalten. Die meisten seiner Klienten wollen keine langen Analysen, die den vielen Widersprüchen und Ungereimtheiten im Management eines Unternehmens auf den Grund gehen. Wenn diese Leute in seinen Empfehlungen wissenschaftliche Konzepte erwähnt haben wollen, dann nicht, weil sie die Komplexität der kausalen Zusammenhänge verstehen wollen, sondern weil sie ihren Investoren und Mitarbeitern gegenüber demonstrieren wollen, dass ihnen das Wohl aller im Unternehmen so wichtig ist, dass sie sogar wissenschaftlichen Rat einholen. In Wahrheit wollen sie ein paar pfiffig gestaltete Graphiken sehen, möglichst in Farbe und mit Linien, die ausschließlich nach oben zeigen, und mit Tabellen, die auf eine einzige Seite passen. »Wenn ich positiv klingende Worte wie Erfolgsfaktor und Vermögenswert in den Mund nehme«, hatte er zu

Siegenthaler am Telefon gesagt, »solltest du sehen, wie schnell diese Managertypen ihre Stifte zücken, besonders wenn ich hier und da ein paar englische Fachbegriffe aus der Wissenschaft fallen lasse. *Loose-coupling* und *garbage-can decision-making* sind gerade die großen Renner.«

Nach Jahren unbefriedigender Arbeit mit Managern, die nach schnellen Lösungen suchen für Probleme, die sie in ihrer ganzen Komplexität eigentlich gar nicht verstehen wollen, hatte er sich nach einer Gelegenheit gesehnt, endlich einmal etwas Wissenschaftliches zu machen. Das war für ihn der einzige Grund gewesen, die Gastprofessur an dieser Hochschule anzunehmen. Darüber und über die Konsequenzen dieser Entscheidung wollte er mit Siegenthaler reden. Er wollte ihm sagen, dass er in einer Einrichtung gelandet sei, die man alles andere als wissenschaftlich oder gar universitär nennen könne. Die Leitung dieser Anstalt sei eine Katastrophe. Der *Song-and-Dance* des Geschäftsführers sei eine Farce. Und dessen Zögling, Sedlmeier, sei ein Hohlkopf, der in jedem *Staff Meeting* von *Branding and Packaging* rede und dabei die »Verpackung« der Sekretärinnen im männerblickgerechten Outfit vor Augen habe, denen er am liebsten unter den Rock greifen würde. »Wenn dieser Laden einmal dicht macht«, hatte er zu Siegenthaler gesagt, »und das Unwesen, das die Geschäftsleitung hier treibt, nicht in der Presse landet, dann nur deshalb, weil sie den Mitarbeitern einen Maulkorb verpassen und die Presseleute vor lauter Angst, von den Wirtschaftsgrößen verklagt zu werden, in die Hose scheißen.«

Arthur wollte ihm das alles näher erklären, wenn er in Herrenberg sei, doch Assmann machte ihm einen Strich durch die Rechnung. Er verstehe nicht, sagte Assmann, welchen Beitrag ein Kulturanthropologe in einem Kurs in Techniksoziologie leisten könne. Der eigentliche Grund für Assmanns Abneigung gegen Siegenthaler war jedoch der, dass er auf Juden nicht gut zu sprechen war. Assmann behauptete, es gebe Studenten, die wegen der Anwesenheit eines jüdischen Professors im Gebäude Unruhe stiften würden. »Ich persönlich habe nichts gegen Juden«, sagte er, »ich hatte noch nie etwas gegen diese Sorte Leute, aber einige unserer Studenten werden ein Problem mit ihm haben. Unser Ägypter zum Beispiel, und der aus Jordanien. Ich will nicht, dass jemand hier Radau macht. Stellen Sie sich das Aufsehen in den Medien vor, und die Schlagzeilen in den Zeitungen: ANTI-SEMITISCHER VORFALL AN INTERNATIONALER ELITEHOCHSCHULE.«

»Wie sollen unsere Studenten überhaupt auf die Idee kommen, Siegenthaler sei Jude?«, hielt Arthur ihm entgegen. »Weil man ihm das ansehen kann? Lange Nase und schwarzes Kraushaar? Als ich ihn zum letzten Mal sah, hatte er glattes Haar, und seine Nase war breit und nicht übermäßig lang, und Schläfenlocken hat er nie gehabt. Auch seine Handlinien zeigen nichts Auffälliges. Ob er beschnitten ist, weiß ich nicht, aber ich könnte ja mal seine Frau fragen. Soll sie Ihnen ein Foto schicken?«

Tatsache war, dass Siegenthaler überhaupt nicht jüdisch aussah und sich auch nicht wie ein gläubiger Jude benahm. Seine Eltern waren nichtpraktizierende Juden und er selbst war Atheist. Arthur hatte keine Lust, mit Assmann über Siegenthalers Familiengeschichte zu reden, eine Sache, die Assmann sowieso nichts anging.

Die Ader an Assmanns Schläfe pulsierte heftig. Man konnte ihm ansehen, dass er Arthur am liebsten angebrüllt hätte. »Sie scheinen das lustig zu finden, Schönhuber. Wir sind hier an einer Elitehochschule, falls Sie das vergessen haben. Und Sie sind nicht zum Spaß hier. Auch wenn Ihr Freund vielleicht nicht jüdisch *aussieht*, schauen Sie doch seinen Namen an. Simon, ich muss Ihnen doch wohl nicht sagen, woher dieser Name stammt. Und Siegenthaler, das klingt wie Silbertaler oder Rosenthaler. Glauben Sie denn, unsere Studenten würden das ... «

»Sie haben Silber*stein* vergessen«, rief Arthur dazwischen, »und Goldmann. Die Einladung Siegenthalers war übrigens mit Herrn Horowitz schon vor Monaten abgesprochen gewesen. Auch er hatte sich gefreut, diesen anerkannten Wissenschaftler bei uns zu haben.«

Assmann warf Arthur einen Blick zu, der ein Nilpferd in die Flucht jagen könnte. »Horowitz kann sich freuen so lange wie er will, er ist jetzt nicht mehr hier. Damit wir uns richtig verstehen, jemand mit einem jüdischen Namen ist bei uns ein Risikofaktor. Anstatt diesen Siegenthaler einzuladen, sollten Sie sich lieber auf der nächsten Hochschulmesse einbringen. Ich will, dass Sie unsere Sekretärinnen zur Messe in Köln begleiten und dort Werbung für uns machen.«

In einem der beiden Protokolle der Verwaltungsratssitzungen, die Arthur gelesen hatte, war Schönreden ein zentrales Thema. Die Leute hatten ausgiebig darüber geredet, welche Sprachregelungen für welche Zielgruppe und in welchen Situationen die besten sein würden. Auch darüber, wie die Sponsorenfirmen vom Ruf der Hochschule profitieren könnten, war gesprochen worden. Daran erinnerte sich Arthur jetzt, als er sagte: »Ich mache nur Werbung für etwas, das wir tatsächlich anbieten. Ich kann Studieninteressenten zum Beispiel nicht sagen, dass wir die Studentenprojekte so anbieten, wie sie in unserer Informationsbroschüre beschrieben sind. Dazu fehlen uns die Ressourcen. Es stimmt auch nicht, dass alle unsere Sponsorenfirmen den Studenten nach Abschluss ihres Studiums eine feste Anstellung geben. Versprechen dieser Art können wir nicht einhalten. Ich kann nicht über Dinge reden, die nicht existieren.«

»Das ist auch gar nicht Ihre Aufgabe. *Ihre* Aufgabe ist, Studenten zu rekrutieren.«

»So einfach ist das nicht. Erwarten Sie von mir, dass ich die Leute anlüge, Herr Assmann?« Assmann richtete sich in seinem Stuhl auf. »Verzeihung«, sagte Arthur schnell, »ich meine, Herr *Professor Doktor* Assmann. Was soll ich denn sagen, wenn ein potentieller Studienbewerber mich anruft und nach dem Umfang des Studentenprojekts fragt? Ich werde nicht lügen.«

»Wer spricht denn hier von lügen? Wenn ein Studieninteressent solche Fragen stellt, bleiben Sie unverbindlich. Halten Sie sich mit Aussagen zurück, die man als

Versprechen deuten könnte. Bleiben Sie vage. Sie müssen auch nicht alle Fragen *sofort* beantworten. Halten Sie die Leute einfach hin.«

»Und wenn sich jemand von der Presse bei mir meldet und präzise Fragen stellt? Sie wissen doch, wie die Presseleute nachbohren, wenn sie Lunte gerochen haben, wenn sie etwas in Erfahrung bringen könnten, das in der Öffentlichkeit für Aufregung sorgen wird.«

Auch dazu hatte Assmann sofort eine Antwort parat. »Dann reden Sie einfach über andere Dinge, über die kulturelle Vielfalt in unserer Studentenschaft zum Beispiel, oder darüber, dass wir Studenten aufnehmen, die woanders auf dieser Welt nie eine Chance bekommen würden, oder dass wir an unserer technologiefokussierten Hochschule auch weibliche Studenten haben. Seien Sie kreativ. Sie wollen doch mit Ideen arbeiten, sagten Sie mir einmal.«

»Stimmt, aber ich arbeite nur mit Ideen, die in Wahrheiten verankert sind. Wenn ein Studienbewerber mir eine Frage stellt, werde ich sie wahrheitsgemäß beantworten. Manche unserer Studenten geben ihr gesamtes Familienerspartes aus, um bei uns zu studieren. Diese Leute werde ich nicht anlügen. Wenn mich jemand anruft und wissen will, welche der Firmen, die uns finanziell unterstützen, ihm nach Abschluss des Studiums einen Arbeitsplatz anbieten wird, weil er in unseren Werbebroschüren von dieser Möglichkeit gelesen hat und weil er mit Blick darauf seine berufliche Karriere planen will, was soll ich dem sagen?«

»Dem sagen Sie so wenig wie möglich.«

»Und wenn er auf eine genaue Auskunft besteht, weil er sagt, er würde für das Studium bei uns ein Vermögen hinblättern, das gebe ihm das Recht auf volle Information? Was soll ich dann antworten?«

Assmann überlegte kurz, dann sagte er: »Dann werfen Sie ein dickes Buch oder einen schweren Aktenordner auf den Boden, so laut, dass es kracht, und dann legen Sie den Hörer auf.«

***

Sedlmeier stand am Pissoir und war gerade dabei, den Reißverschluss seines Hosenschlitzes hochzuziehen, als Arthur sich neben ihn stellte. »Bruno, ich habe gehört, du hättest Anita aufgefordert, sie soll auf der MBA Messe in Köln einen kurzen Rock tragen. Stimmt das, hast du das gesagt?«

Sedlmeier zögerte kurz und erwiderte: »*So* habe ich das nicht gesagt.«

»Wie hast du es *dann* gesagt? Dass Rock und Beine eine ästhetische Einheit bilden sollen? Sie soll mehr von ihren Beinen zeigen, das würde die Aufmerksamkeit von Studieninteressenten auf unseren Messestand ziehen. *Das* hast du gesagt.«

»Da bin ich wohl falsch verstanden worden. Ich sagte, sie soll sich frei fühlen. Wenn unsere Studentinnen einen kurzen Rock tragen, dann sollen unsere Sekretärinnen das auch tun können. Ich bin für gleiche Rechte für alle, an jedem Ort und in jeder Situation. Ich bin für Gerechtigkeit und Meinungsfreiheit, auch am HIT. Wir brauchen einen freiheitlichen Geist an dieser Hochschule.«

In Arthurs Kopf reihten sich Gedanken aneinander, die ihn erschauern ließen. Er spürte, wie seine Gereiztheit in Verachtung für diesen Schleimbeutel mündete und in einem Gefühl der Wut endete, diesen Mann geheuert zu haben. »Willst du mich verarschen?«, schrie er.

Sedlmeier betätigte die Spülung des Pissoirs, trat einen Schritt zurück und erwiderte: »Aber nein, ganz und gar nicht. Ein freiheitlicher Geist ist die Grundlage für Solidarität, und dazu gehören gleiche Rechte für alle.«

»Das will Anita auch, doch sie sieht das anders.«

»Und wie sieht *sie* das?«

»Sie fühlt sich von dir belästigt.«

»So, sagt sie das? Dann würde ich ihr raten, mir zuzuhören. In den *Staff Meetings* lege ich immer viel Wert darauf, dass unsere Mitarbeiter sich gut fühlen, dass sie wissen, sie können ihre Meinung äußern, zu allem. Ich will eine angenehme Atmosphäre im Haus haben, ich will, dass die Leute kooperieren, dass wir alle einen freundlichen Umgangston pflegen und dass wir kommunizieren. Ich will Offenheit. Ich habe das den Leuten immer klar gemacht, deshalb verstehe ich jetzt nicht, warum sie sich bei dir beschwert, statt zu mir zu kommen.«

»Das wird sie tun, da bin ich mir sicher.«

»Schön, darauf freue ich mich. Zu einem angenehmen Klima im Haus gehört immer klare Kommunikation, und das will ich fördern. Ich tue das, indem ich …«

Arthur unterbrach ihn in scharfem Ton: »Indem du von Anita verlangst, dass sie ihre Beine zeigt.«

Sedlmeier grinste. »Ach was, das stimmt doch gar nicht. Ich habe ihr nur ein paar Tipps gegeben, wie sie unserer Einrichtung in dieser schwierigen Zeit helfen kann. Und ich habe sie als Mensch angesprochen, nicht als Teil einer anonymen Organisationsmaschine.«

»Als Mensch? Du meinst, du hast sie als Frau mit langen Beinen angesprochen.«

»Du verstehst mich falsch. Wir reden heutzutage so viel über die Bedeutung von Humankapital, dass wir das Menschliche im Blick haben sollen, dass wir nicht nur auf technische Kompetenzen achten sollen. So habe ich das gemeint. Wenn Anita schöne Beine hat, soll sie sich glücklich schätzen, etwas Feminines, etwas wirklich außergewöhnlich Weibliches zu besitzen. Und wenn wir alle im Haus davon profitieren können, umso besser. Das meine ich, wenn ich sage, man soll alles tun, um dem Wohle unserer Hochschule zu dienen. Ich denke dabei an Kooperation und an guten Willen. Das ist doch der springende Punkt, wenn man ein gutes Organisationsklima haben will.« Er schenkte Arthur einen hämischen Blick, als er hinzufügte: »Und das wollen wir doch alle, du doch bestimmt auch. Ich will dafür sorgen, dass der Gemeinsinn bei uns im Haus eine Zukunft hat. Und zum Gemeinsinn gehört auch die Freiheit, sich situationsgerecht zu kleiden. Was soll daran so schlimm sein?«

»Wenn du Freiheit fördern willst, solltest du Fragen der Kleidung Anita überlassen.«

»Genau das tue ich doch. Ich habe sie gebeten, darüber nachzudenken, wie sich ihre persönlichen Vorlieben mit dem Wohl des HIT, und damit aller ihrer Kollegen, in Einklang bringen lassen. Das scheint bei ihr wohl untergegangen zu sein.«

»Wenn etwas *nicht* untergangen ist, dann ist es die Dreistigkeit, mit der du dich an Anita ranmachst. Und Anita ist, wie ich höre, nicht die Einzige, die du dir als Opfer ausgesucht hast.«

»Aber jetzt hör mal, das sind doch keine Opfer. Das sind erwachsene Frauen, die ihre Meinung äußern können. Was sie offenbar auch tun, wenn sie mit dir reden. Und wenn ich nicht nur Anita, sondern alle unsere Frauen im Haus anspreche, dann deshalb, weil ich für absolute Gleichbehandlung bin. Jede unserer Mitarbeiterinnen soll eine Chance erhalten, für das Wohl der Gemeinschaft einen Beitrag zu leisten, und zwar einen Beitrag, der im Rahmen ihrer Fähigkeiten liegt. Ich verlange ja nichts Unmögliches. Manche leisten einen Beitrag durch geschickt ausgewählte Kleidung, andere durch schön bemalte Lippen oder durch die Art, wie sie sich bewegen. Jede Frau hat ihre speziellen Talente. Ich kann mir nicht vorstellen, dass unsere Mitarbeiterinnen sich nur vom Eigennutz leiten lassen, wenn es darum geht, Maßnahmen zu ergreifen, die uns allen Nutzen bringen und der Weiterentwicklung dieser Hochschule dienen. Es würde doch von unglaublicher Heuchelei zeugen, wenn wir unseren Studentinnen die Möglichkeit geben, Beine zu zeigen, unseren Sekretärinnen jedoch diese

Möglichkeit verweigern, nur weil sie nicht mehr ganz so jung sind. Ich will gleiche Chancen für alle, ich will Demokratie.«

Arthur konnte sich jetzt nicht mehr halten. Er schrie ihn an: »Seit wann ist das Zeigen von Beinen ein Kriterium für Demokratie?!«

»Du verstehst mich immer noch nicht. Ich will doch keiner unserer Frauen im Haus das Recht absprechen, einen kurzen Rock anzuziehen, auch wenn sie glaubt, ihre Beine seien nicht besonders sehenswert. Im Gegenteil, ich will sie darin unterstützen, und ich will Diversität fördern. Gerade darum geht es doch, um die menschliche Vielfalt. Jede Frau soll sich frei entfalten können. Ich wette, wenn alle Frauen bei uns sich dieses Rechts einmal bewusst sind, werden sie auch Gebrauch davon machen. So ist das in einer gut funktionierenden Demokratie, in der jeder seine Meinung offen zur Schau tragen kann. Auch Jutta trägt öfters einen kurzen Rock, und sie hat keine besonders schönen Beine. Auf jeden Fall sind sie nicht so ansehnlich wie die von Anita. Aber Jutta nimmt sich dieses Recht. Ich sage, das ist doch großartig für sie. Schau dir doch die vielen Spielfilme an, mit allen diesen Schauspielerinnen, die kurze Röcke tragen. Sogar ältere Schauspielerinnen zeigen ihre Beine. Die Kaminski zum Beispiel. Fabelhaft, kann ich da nur sagen. Und auch die Bahlmann. Jutta *liebt* die Bahlmann. Und wenn ich jetzt Anita bitte, aus ihren Beinen, die die Natur ihr geschenkt hat, etwas zu machen und dabei auch an uns zu denken, ist das vielleicht schlimm? Gott würde ihr bestimmt nicht verbieten, das, was Er ihr geschenkt hat, mit anderen zu teilen. Da kann man doch nichts dagegen sagen.«

Die Wut, die Arthur in diesem Moment empfand, übertraf an Intensität alles, was er bis dahin in dieser Anstalt höherer Bildung gespürt hatte. Er hätte jetzt am liebsten Sedlmeiers Kopf in die Pissoirschüssel gesteckt. »Für den gesitteten Umgang eines Vorgesetzten mit den Mitarbeitern gibt es allgemein anerkannte Grundregeln. *Das* kann man dagegen sagen.«

»Das verstehe ich jetzt nicht. Ich tue unseren Sekretärinnen doch nur einen Gefallen. Ich bin ihr Vorgesetzter und als solcher nehme ich ihnen die Verantwortung ab. Ich sage Ihnen, hebt euren Rock ein wenig, zeigt eure Beine, und wenn sie mir folgen, müssen sie keine Gewissensbisse und auch keine Schamgefühle haben. Eine lupenreine Sache ist das.«

»Steht das vielleicht auch in deiner Dissertation?«

»Arthur, es geht hier nicht um meine Dissertation. Es geht um die Zukunft einer ganzen Hochschule mit allen seinen Mitarbeitern, Professoren und Studenten. Das ist eine große Sache, das musst du doch einsehen, gerade du als Unternehmensberater. Ich gehe davon aus, dass unsere Anita und ihre Kolleginnen das insgeheim verstehen. Sie verstehen, wo ihre Stärke liegt. In ihrer Weiblichkeit. Reine Biologie ist das. Und tief im Innersten wollen sie einen Mann, der ihnen sagt, welchen Beitrag sie zum Wohle aller leisten können.«

»Und du bist dieser Mann! Was wohl auch erklärt, warum die beiden dir noch nicht ins Schienbein getreten sind. Sie wollen von deiner Männlichkeit mitgerissen werden, im Dienste der guten Sache sozusagen.«

»Ja, so ist es. Ich bin akademischer Direktor und als solcher bin ich für strategische Entscheidungen verantwortlich. Ich befreie unsere Frauen aus dieser Verantwortung, die sie schon allein von ihrer fachlichen Qualifikation her nicht übernehmen könnten.«

»Aber du hast diese Qualifikation. Richtig?«

»Ich will ja nicht sagen, dass Frauen überhaupt keine Verantwortung übernehmen können. Sie können den Haushalt führen und Kinder großziehen. Auch als Bürokraft sind sie nicht ohne, aber das auch nur, weil mit dieser Arbeit nicht viel Verantwortung verbunden ist.«

»Sag mal, wo hast du das alles gelernt? Hat deine Mutter dir das beigebracht?«

»Nein, das sind Tatsachen. Das weiß man, wenn man die Kräfte der Evolution versteht. Die Mechanismen der Evolution haben uns zu dem gemacht, was wir sind. Schau doch mal in einen Liebesroman, oder in eine Frauenzeitschrift, dann hast du's schwarz auf weiß. Die Frauen sind nicht selbst schuld an den Verstrickungen ihrer Lebensweise, und ich würde alles tun, um sie vor Schuldzuweisungen in Schutz zu nehmen. Ich will, dass unsere Hochschule zu einem Ort der Erbauung und Inspiration wird. Ich kann mir nicht vorstellen, dass es an dieser Hochschule jemand gibt, der mehr auf Gerechtigkeit und Fortschritt bedacht ist als ich. Wir haben schon so viel erreicht. Das HIT soll eine prächtige Zukunft haben, und dafür kämpfe ich.«

»Dann will ich dir sagen, welche Zukunft *dir* blühen wird. Es gibt Arbeitsgesetze, und diese Gesetze wirst du schneller zu spüren bekommen, als du denkst.« Damit ließ Arthur den kleinen Mann mitsamt seiner Männlichkeit am Pissoir stehen und stürmte hinaus.

***

Drei Tage später saß Arthur in Häberles Büro. Er freue sich, sagte Häberle, ihn endlich einmal unter vier Augen sprechen zu können, wobei er vergaß, seinen neben ihm sitzenden Rechtsanwalt zu erwähnen, der Arthur während des gesamten Treffens mit einem messerscharfen Blick beäugte und dem Gespräch mit einer Aufmerksamkeit folgte, dass man meinen könnte, er glaube, er sei verantwortlich für jedes Wort, das aus Häberles Mund kam.

Der Grund, warum er ihn zu diesem Gespräch eingeladen habe, sagte Häberle, sei eine Idee zu Arthurs beruflicher Zukunft, die ihm neulich gekommen sei. Er wisse, wie hart Arthur am HIT arbeite – woher er dieses Wissen hatte, sagte er nicht – und deshalb sei es ihm wichtig zu wissen, dass Arthur auch in Zukunft »gut untergebracht« sei. Ob Arthur schon von dem neuen Kooperationsprojekt mit einer Universität im Libanon gehört habe, fragte er, ein Projekt, das gerade in Vorbereitung sei und bereits in einigen Zeitungen erwähnt worden sei. Es handele sich um ein Joint Venture einer Universität in Beirut, der Universität Filderstadt und der Fachhochschule Waiblingen, ein Projekt, an dem Häberles Unternehmen finanziell beteiligt sei. Vom HIT als Kooperationspartner sagte er nichts. »Ich kann mir vorstellen, dass dieses Projekt Ihnen einiges bieten könnte«, sagte er.

Arthur antwortete mit einem Achselzucken. Er hatte keine Lust, mit Häberle über irgendwelche Hochschulprojekte im Nahen Osten oder sonst wo zu reden. Eigentlich hatte er überhaupt keine Lust, mit ihm zu reden. Er war Häberles Einladung zu diesem Gespräch nur aus Höflichkeit gefolgt. Andererseits konnte man nie wissen, ob Häberle vielleicht mit einer interessanten Überraschung aufwarten würde. Zum Beispiel mit der Nachricht, dass ihm jemand die Erkenntnis zugetragen hatte, dass Sedlmeier auf dem vorläufigen Höhepunkt seiner Beknacktheit angekommen war und mit seinen Machenschaften demnächst auch in der Öffentlichkeit für Aufsehen sorgen wird.

»Es ist das Al-Yaziji College in Beirut, mit dem wir dieses Projekt starten«, sagte Häberle. Wir wollen ein praxisnahes, international orientiertes Ausbildungsprogramm für Fachkräfte in der regionalen Wirtschaft dort anbieten. Bei der Gestaltung von Studiengängen ist es unverzichtbar, neben fachlichen Inhalten auch die sozialen Kompetenzen zu berücksichtigen, die Absolventen für den erfolgreichen Übergang in den Arbeitsmarkt benötigen. Wir wollen dabei humanistische Aspekte nicht vergessen. Die Grundidee ist, und das ist das Originelle an diesem Projekt, das betriebswirtschaftliche Wissen der Studenten mit humanistischem Gedankengut zu verknüpfen, und dafür brauchen wir die passenden Kurse.«

»Und was soll daran so besonders sein?«, fragte Arthur. »Den Bezug zu humanistischem Gedankengut sollte es in jeder universitären Einrichtung geben. Auch am HIT gibt es in dieser Hinsicht noch einiges zu tun.«

»Lassen Sie uns mal nicht über das HIT reden, Herr Schönhuber. Ich habe Sie eingeladen, um mit Ihnen das Libanon Projekt zu besprechen. Das Besondere an diesem Projekt ist, dass es kein gewöhnliches Joint Venture im normalen Sinne des Wortes ist. Es ist weit mehr als das, es ist ein Projekt im *außer*gewöhnlichen Sinne des Wortes. Und Sie wissen bestimmt, was ich mit außergewöhnlich meine, etwas, das weit über das Übliche hinausgeht und es damit zu etwas Ungewöhnlichem macht.« Nach einem kurzen Seitenblick zu seinem staunenden Anwalt fügte er hinzu: »Es ist das Außergewöhnliche, was die Grundidee bei diesem Projekt ausmacht. Sie arbeiten doch mit Ideen, habe ich mir sagen lassen. Das schöne Beirut, Herr Schönhuber, die Perle des Nahen Ostens, ich meine, das wäre doch etwas für Sie.« Häberles Anwalt nahm seinen Stift in die Hand, bereit, Arthurs Antwort in seinem Notizbuch festzuhalten.

Arthur sah in Häberles Erwähnung humanistischen Gedankenguts eine Gelegenheit, etwas über dessen katholische Denkweise in Erfahrung zu bringen. In diesem Zusammenhang könnte er ihm auch von den Besonderheiten von Sedlmeiers katholischer Sichtweise zum Thema Demokratie und Geschlechtergleichberechtigung berichten. »An welche humanistischen Ideale denken Sie denn?«, fragte er.

»Nun, ich meine, das wäre das, was in den Geisteswissenschaften normalerweise gelehrt wird: Politik, Ethik, ein bisschen Literatur, vielleicht auch etwas Philosophisches. Das gehört doch auch in Ihren Fachbereich, oder nicht?«

»Etwas Philosophisches? Meinen Sie damit eine übergeordnete Reflexionsebene, Philosophie als Denkschule sozusagen, oder haben Sie eine bestimmte philosophische Frage im Sinn?« Arthur dachte an Bernard Shaws Spruch: »Man kann alles sagen, aber man muss wissen wie.«

Nach einem weiteren kurzen Blickwechsel mit seinem Anwalt erwiderte Häberle: »Wir müssen jetzt nicht über inhaltliche Details sprechen. Ich will nur sagen, dass wir mit humanistischen Ideen in Beirut ein innovatives Studienprogramm anstreben. Das Al-Yaziji College ist zwar ziemlich klein, aber mit seinen fast vierzig Jahren Geschichte ist es fest etabliert. Und als private Einrichtung bietet es Zugang zur lokalen Wirtschaft. Das bringt auch für unsere deutschen Partnerunis einige Vorteile, vom Studentenaustausch bis zu gemeinsamen Forschungsprojekten für Professoren. Ich denke, für Sie als Unternehmensberater mit Universitätserfahrung in Amerika wäre das doch ein interessantes Projekt.«

»Interessant vielleicht soziologisch gesehen, aber die politische Lage dort ist nicht gerade einladend«, erwiderte Arthur.

Häberle runzelte die Stirn. »Aber der Bürgerkrieg ist doch schon längst vorbei, und die Regierung dort tut viel für den Interessenausgleich in der Bevölkerung. Und ich meine, schon allein die große Anzahl von Universitäten auf so kleinem Raum ist ein Zeichen von Fortschritt. Beirut ist auch eine sehr internationale Stadt, mit einer Vielzahl von Möglichkeiten, deutsches Knowhow zu verkaufen. Dafür benötigen wir die passenden Leute. Ich denke, wenn ich das mal salopp sagen darf, Sie wären der richtige Mann für eine Mitarbeit in einem solchen Projekt. Als Unternehmensberater haben Sie viel praktisches Wissen, um einen wertvollen Beitrag zu leisten. Und mit Ihrem Doktorgrad von Princeton haben Sie die nötige Glaubwürdigkeit als Wissenschaftler, besonders als jemand mit einem Doktor der Philosophie, einem Ph.D., wie es dort drüben heißt.«

»Danke, aber zuerst mal bin ich *hier*. Ich habe mich in Herrenberg eingerichtet, meine Frau hat in Tübingen eine gute Stelle und mein Vertrag am HIT läuft noch zwei Jahre, mit der Möglichkeit einer Verlängerung, die ich ohne große Formalitäten beantragen kann, so wie es im Vertrag steht.«

Häberles Anwalt schnaufte kurz auf, und Häberle sagte: »Aber wollen Sie denn nicht schon jetzt mit neuen Ideen in die Zukunft blicken? Beirut hat Studenten und Professoren aus vielen Ländern und bietet ein wirklich spannendes Umfeld für unternehmerisch denkende Leute wie Sie.«

Arthur glaubte, ein leichtes Grinsen im Gesicht des Rechtsanwalts zu erkennen. Dieser junge Mann in seinem perfekt sitzenden dunkelblauen Anzug hatte sich gerade mit über der Brust verschränkten Armen zurück-gelehnt. Jetzt sah er Arthur erwartungsvoll an. Arthur sagte: »Sie erwähnten vorhin philosophisches Gedan-kengut. Haben Sie vielleicht einen bestimmten Philoso-phen im Sinn?«

Häberle sah seinen Anwalt an, der ihm aufmunternd zunickte. »Nun, ich denke, mit den *deutschen* Philoso-phen wären wir dort gut beraten. Schopenhauer zum Beispiel, der wäre doch ein guter Repräsentant der deut-schen Kultur. Meinen Sie nicht? Der trägt übrigens auch Ihren Vornamen.«

Nicht nur das, dachte Arthur, auch Schopenhauer litt unter heftigen Kopfschmerzen, wie er selbst in diesem Augenblick. Und jetzt spürte er auch noch einen Knoten in der linken Schulter. »Warum ausgerechnet Schopen-hauer?«, fragte er. »Weil Sie glauben, ein Mann, der nicht gerade viel von Frauen hielt, der sagte, dass man schon beim Anblick der weiblichen Gestalt sehe, dass die Frau zu keinen großen geistigen Arbeiten bestimmt sei, passt gut in eine islamische Gesellschaft? Weil Sie glauben, dass gerade deshalb dieser Mann in der Literaturliste von Kursen am HIT auftauchen sollte? Und weil Scho-penhauers Vorstellungen auch in den Köpfen der Füh-rungskräfte am HIT eine Rolle spielen?«

Häberle zog die Augenbrauen hoch. »Wie meinen Sie das?«

»Ich denke da ganz speziell an jemanden in einer lei-tenden Position am HIT, der sich für Frauen nur interes-siert, wenn er ihnen unter den Rock schauen kann.«

An dieser Stelle war die gelassene Freundlichkeit in Häberles Gesicht urplötzlich verflogen. Es folgte ein Moment ungeheurer Spannung. Häberle schien den Atem anzuhalten. Er war bleich im Gesicht und sein Anwalt spielte nervös mit seinem Kugelschreiber. Nach ein paar langen Sekunden des Schweigens sagte Häberle, und jetzt hatte er wieder etwas Farbe im Gesicht: »Nun, wenn Sie nicht an Beirut interessiert sind, dann vielleicht Mexiko? Mein Unternehmen pflegt schon seit Jahren Kontakte mit einer Universität in Mexiko City. Ich könnte dort für Sie ein gutes Wort einlegen.«

»Danke, das ist sehr freundlich, aber ich würde lieber über meine Zukunft am HIT sprechen. Sie haben in Ihrer Rede neulich eine rosige Zukunft für das HIT gemalt. Sie haben von Maßnahmen gesprochen, die sich wie eine Win-win-Strategie anhören, wenn ich Sie richtig verstanden habe. Ich glaube, viele der Studenten unter den Zuhörern waren überaus beeindruckt, wie Sie immer wieder ...«

Häberle unterbrach ihn, jetzt über das ganze Gesicht strahlend: »Ja, ich wollte unseren Studenten und Mitarbeitern ein starkes Signal senden. Ich wollte ihnen mit meinen Worten zu deuten geben, dass wir bereit sind, alles zu tun, um diese hervorragende Hochschule noch schneller voranzubringen.«

»Aber wenn alles hier am HIT so rosig laufen wird, wie Sie sagen, warum sollte ich mich dann für ein Joint-Venture in Beirut oder für eine Universität in Mexiko interessieren? Das verstehe ich nicht.«

142

»Kann ich Ihnen ein Glas Wasser anbieten, Herr Schönhuber?« Arthur lehnte dankend ab. Häberle schenkte sich selbst und dann seinem Anwalt ein Glas Wasser ein, bevor er fortfuhr: »Mein lieber Herr Schönhuber, ich will jetzt ganz offen mit Ihnen reden. Und Sie wissen, was ich mit Offenheit meine. Ich meine Aufrichtigkeit und Geradlinigkeit, aber auch Deutlichkeit. Ich will keine Missverständnisse haben, denn nichts ist schlimmer, als wenn Menschen aneinander vorbeireden. Also, und jetzt ganz ehrlich, wir wollen am HIT die Kosten senken und die Einkünfte steigern. Als Schwabe ist mir Geldverschwendung schon von Natur aus ein Graus. Wie Sie sich sicherlich denken können, werden die vorgesehenen Änderungen an unserer Hochschule nicht automatisch und nicht sofort die gewünschte Wirkung zeigen. Es wäre unrealistisch, dies zu erwarten, wenn man bedenkt, wie sehr unsere Wirtschaft ...«

»Unrealistisch vielleicht, wenn man vom HIT als dem schwäbischen MIT spricht«, unterbrach ihn Arthur schmunzelnd. »Wenn ich MIT höre, denke ich an eine renommierte Universität, an ganzheitliche Ausbildung, an die Idee der Einheit von Forschung und Lehre und an Bildung im humanistischen Sinne. Wenn ich aber die Vorstellungen von Herrn Assmann höre, kommt für mich etwas ganz anderes heraus als das Konzept einer Universität. Unser neuer Geschäftsführer denkt offenbar an eine Art Trainingscenter. Er will die Studienangebote auf eine dürre ökonomische Nützlichkeit reduzieren. Was er ganz bestimmt *nicht* im Sinn hat, ist etwas, das man normalerweise mit der Idee einer Universität, einer Bildungsstätte mit dem Format des MIT, in Verbindung bringt.«

Arthur hatte den Eindruck, dass er sein Gegenüber mit diesen Bemerkungen ins Straucheln gebracht hatte. Häberle drehte sich zu seinem Anwalt hin, der ihm etwas ins Ohr flüsterte, dann sagte er vorsichtig: »Sie müssen das anders sehen, Herr Schönhuber. Wir wollen keine *große* Universität sein. Wir wollen mehr eine kleine, aber feine Bildungsstätte sein, eine Eliteeinrichtung, an der die Studierenden direkten Zugang zu den Lehrenden haben. Wir streben eine überschaubare Studentenzahl an. Ein hervorragendes Betreuungsverhältnis ist eine unserer vielen großen Stärken. Wir wollen nicht mehr als dreihundert Studenten haben und wir bemühen uns sehr, dieses Limit einzuhalten, sonst haben wir ein Chaos, und Sie können sich denken, wohin das führen würde: zu einem aufgeblähten Verwaltungsapparat wie an den staatlichen Universitäten. Und da ist noch etwas, das mir wirklich am Herzen liegt. Als Verwaltungsratsvorsitzender des HIT habe ich eine Verantwortung gegenüber den Mitarbeitern, von denen jeder vielleicht seine eigene Vorstellung einer Bildungseinrichtung hat. Dass Menschen unterschiedlich denken, verstehe ich und respektiere ich voll und ganz, aber wenn wir eine tragfähige Organisation haben wollen, können wir nicht alle Wünsche berücksichtigten. Wir können die organisatorischen Zwänge nicht ignorieren. Als Unternehmensberater wissen Sie das.«

»Das weiß ich sehr wohl. Allerdings sollte der Umgang mit diesen Zwängen für die Mitarbeiter transparent sein, und alles, was jetzt beschlossen wird, auch das, was an die Öffentlichkeit weitergegeben wird, sollte der Wahrheit entsprechen. Offenbar war bei der Gründung des HIT viel heiße Luft dabei, und ich sage Ihnen, an heißer Luft kann man sich nicht nur die Finger verbrennen, sie kann einem auch die Nase hochgehen. Und genau das ist bei mir der Fall. Als ich das erste Mal mit Herrn Horowitz sprach, hat er mir einige Zeitungsberichte zur Gründungsvorgeschichte des HIT gezeigt. Darin wurden Sie, Herr Häberle, zitiert als jemand, der für das Gelingen des HIT mit seinem persönlichen Ruf eintritt. Die Finanzierung sei gesichert, hieß es. Ich könne hier auch wissenschaftlich tätig sein, hat man mir hoch und heilig versprochen. Aber jetzt muss ich mir von unserem neuen Geschäftsführer sagen lassen, dass mit Forschung hier nichts läuft. Er sagt, ich sei hier nur ein Dienstleister.«

Häberles Mund stand halb offen. Sein Anwalt schrieb etwas in seinen Notizblock und schob ihn dann Häberle zu, der sagte, ohne dass er auf den Block schaute: »Wir sind alle Dienstleister, Herr Schönhuber. Auch ich stehe im Dienst meines Unternehmens, das ...«

»... das Ihnen gehört und in dem Sie alle Entscheidungsmacht haben«, unterbrach Arthur. »Herr Horowitz sagte mir, und das ist gar nicht so lange her, dass das HIT auf soliden Beinen stehe und dass auch in der Zukunft mit weiteren Mitteln für den Ausbau zu rechnen sei. Aber da wird jetzt wohl nichts mehr daraus.«

Der Anwalt schrieb wieder etwas in seinen Notizblock und drehte ihn dann so hin, dass Häberle sehen konnte, was er geschrieben hatte. Weil sein Chef nicht sofort reagierte, klopfte er mit dem Zeigefinger auf das Blatt, bis Häberle das Geschriebene las und dann zu Arthur sagte: »Sie müssen das HIT als Experiment sehen.«

»Wie bitte?! *Experiment*?! Herr Horowitz hat mir nie etwas von einem Experiment gesagt.«

»Doch, das HIT ist ein Experiment. Es ist immer ein Experiment gewesen.«

»Heißt das, ich wurde für ein Experiment rekrutiert?«

»Das HIT ist eine Neugründung, Herr Schönhuber. Das wussten Sie. So stand es auch in den Zeitungen.«

»Neugründung ja, aber ich kann mich nicht erinnern, irgendwo das Wort Experiment gelesen zu haben.«

»Herr Schönhuber, wir wollen uns jetzt doch nicht streiten, was Sie gelesen oder nicht gelesen haben. In gewisser Weise ist jede Neugründung ein Experiment, egal wie detailliert der Business Plan ist und wieviel Geld zur Verfügung steht. Im Moment müssen wir nachbessern, so wie auch andere Privathochschulen in ganz Deutschland es tun. Die Wirtschaftslage ist gerade nicht die beste.«

»Soll das jetzt eine Entschuldigung für Ihr Versagen sein?«

Häberle überlegte kurz, dann sagte er: »Von Versagen kann nicht die Rede sein. Der Lehrbetrieb am HIT läuft. Das sieht man schon daran, dass das Gebäude voll ist mit

Studenten, von morgens bis abends. Aber wir müssen besser werden. Wenn ich Experiment sage, meine ich nicht nur, dass wir in Herrenberg etwas Neues auf die Beine stellen, sondern ich denke auch an die vielen Unwägbarkeiten, mit denen man dabei zu kämpfen hat. Dass bei einem Experiment nicht alles auf Anhieb klappen kann, muss Ihnen klar sein als Unternehmensberater, der sich bestimmt schon mehr als einmal mit Neugründungen befasst hat. Bei Neugründungen hat man nicht alles im Griff, man kann nicht alles vorhersehen. Man muss spontan sein und flexibel arbeiten, und das ist, was wir jetzt gerade tun.«

»Das mag bei einer Firmenneugründung so sein, aber nicht bei einem Experiment. Bei einem Experiment hat man genau die Faktoren im Griff, die man kontrollieren will. Das Wesen eines Experiments ist Kontrolle, und das ist der Grund, warum man für bestimmte Forschungsfragen die experimentelle Methode vorzieht. Kann es sein, dass Sie nicht wissen, was ein Experiment ist?«

Arthur sagte das wohl wissend, dass er mit dieser Bemerkung Häberle, der Biologie studiert hatte und dabei bestimmt auch von der experimentellen Methode gehört hatte, ärgern würde. Aber er hatte jetzt nichts mehr zu verlieren. Ohne auf eine Antwort zu warten, sagte er: »Ein Experiment ist eine von mehreren Forschungsmethoden, eine Methode, für die es strenge Kriterien für die Gültigkeit und Verlässlichkeit der Verfahren und Ergebnisse gibt. Man benötigt dafür klar definierte Kontrollgruppen und messbare Indikatorvariablen. Man braucht auch einen genauen Zeitplan für die Vorher-und-nach-her-Messung aller Variablen, und man muss eine klare Vorstellung von möglichen Störvariablen haben und wissen, wie man mit diesen umgehen wird, falls sie auftreten. Und was ganz wichtig ist, der Experimentleiter muss ehrlich mit den Probanden umgehen. Vor allem müssen die Personen wissen, dass sie an einem Experiment teilnehmen. So wie man bei Unternehmen von einer ethisch korrekten Organisationskultur spricht, gibt es auch bei einem Experiment ethische Regeln. Wenn diese Regeln nicht eingehalten werden und wenn die Bedingungen des Experiments nicht erfüllt sind, läuft das Experiment daneben und man kennt dann vielleicht nicht einmal die Gründe für das Fehlschlagen des Experiments. Und wenn die Leute dann in den Zeitungen von dem Debakel lesen, wissen die Verantwortlichen in diesem Experiment nicht, wie sie es ihnen erklären sollen. Wenn bei Ihrem HIT-Projekt etwas schiefläuft, treten Sie dann vor die Journalisten und sagen, tut mir leid, es war nur ein Experiment? Und kann es sein, dass das Joint Venture in Beirut auch nur ein Experiment ist? Soll ich vielleicht schon wieder angeschmiert werden?«

***

Auf dem Weg von seiner Seminarveranstaltung zu seinem Büro wurde Arthur von Anita angesprochen. Sie schien auf ihn gewartet zu haben. Sie war sichtlich aufgewühlt. Sie fragte ihn, ob er etwas Zeit für sie habe, jetzt sofort, sie habe ihm »Unglaubliches« zu berichten. »Können Sie sich erinnern, dass Sedlmeier mich neulich aufgefordert hat, ich soll auf der Messe in Köln meine Beine zeigen?«, fragte sie, sobald sie in Arthurs Büro angekommen waren, und noch bevor er die Tür geschlossen hatte. »Heute früh hat er zu Irene gesagt, sie würde in rot lackierten Schuhen mit hohen Absätzen eine bessere Figur abgeben. Bessere Figur, sagte er, und dann ging er so nah hinter ihr die Treppe hinauf, dass er ihr an den Po fassen konnte, ohne den Arm ausstrecken zu müssen.«

»Wie, er wollte ihr an den Hintern fassen?«

»Ja, sie hat ihn praktisch gerochen, wie er hinter ihr herschlich, dieser geile Bock.«

»Sie meinen, wie Satyr?«

»Wie wer?«

»Wie Satyr, ein lüsternes Wesen in der griechischen Mythologie, halb Mann, halb Bock, ein scheußliches Wesen, das hinter jungen Frauen herjagt.«

»Ich hoffe, Sie nehmen mich ernst«, sagte sie. »Aber ja, so könnte man es sagen. Sedlmeier ist ein geiler Bock. Fragen Sie doch Irene, wie *sie* ihn beschreibt«

»Ich glaube Ihnen«, sagte Arthur. »Und wie ging die Sache aus? Hat sie ihn angeschrien, oder noch besser, hat sie ihm eine Ohrfeige gegeben?«

»Nein, das nicht, aber sie hatte die Geistesgegenwart, ihre Tasche fallen zu lassen, so dass er über die Tasche stolperte und fast die Treppe hinuntergehagelt wäre.«

Arthur lachte. »Nicht auszudenken, was hätte passieren können! Hätte er sich das Genick gebrochen, müssten wir jetzt ohne akademischen Direktor auskommen. Möchten Sie, dass ich mit ihm rede?«

»Das würde ich nicht tun, so wie er sich über Sie geäußert hat.«

»Wieso, was hat er gesagt?«

»Er kam gestern zu mir in mein Büro. Zuerst hat er irgendetwas von einer neuen Organisationskultur gefaselt, wie schon einmal. Er mache sich Gedanken um das Geschlechterverhältnis im Haus, und dann fragte er mich, was es ›neues an der Front‹ gebe, wie die Stimmung im Haus sei. Ich sagte ihm, dass er sich selbst mal umhören solle, wenn ihn das Klima im Haus interessiere. *Meine* Stimmung zumindest sei nicht besonders gut, da ich sein Rundschreiben an die Mitarbeiter ganz und gar nicht gut fände.«

»Welches Rundschreiben?«

»Gestern verschickte er ein Schreiben an alle Mitarbeiter im Haus, in dem er behauptet, Sie, Herr Schönhuber, Sie hätten sich sehr abfällig über das HIT geäußert. Ich sagte ihm, es würde mich interessieren, wer ihm das gesagt hat. Wenn es Studenten waren, dann hätten sie gelogen, und wenn es jemand vom Staff war, dann würde mich interessieren, woher diese Person überhaupt weiß, was Sie gesagt haben, da außer Claudia und mir von den Mitarbeitern niemand in Ihrer Veranstaltung gewesen war. Er war natürlich sehr verwundert, dass Claudia und ich überhaupt in Ihrem Seminar waren. Er behauptete, er hätte gehört, dass Sie sich dahingehend geäußert hätten, dass es Ihnen aus ethischen Gründen nicht möglich sei, weiterhin hier zu arbeiten. Ich sagte, das hätten Sie gesagt, aber das würde für mich keineswegs bedeuten, dass Sie sehr abfällig über das HIT gesprochen hätten.«

Arthur hatte sich in dieser Veranstaltung sehr vorsichtig geäußert. Die Studenten hatten ihm aufmerksam zugehört, hatten aber keine Fragen gestellt. »Sind Sie sicher, dass ich nicht abfällig über diese Hochschule geredet habe?«, fragte er Anita.

»Ja, da bin ich mir ganz sicher. Ich erinnere mich sehr gut, Sie haben ganz allgemein von Ethik in einer Organisation geredet. Das war ja schließlich auch das Thema in dieser Veranstaltung. Sedlmeier und ich haben dann eine Weile über unsere unterschiedlichen Auffassungen des Begriffs ›abfällig‹ diskutiert. Und als ich merkte, dass er in seiner Meinung festgefahren war, sagte ich, es hätte wohl keinen Sinn, mit ihm weiter darüber zu diskutieren. Nichtsdestotrotz sei ich der Meinung, sagte ich, dass es absolut unnötig war, dass er dieses Rundschreiben an den kompletten Staff schickte und dass er damit auf dem besten Wege sei, die wenige noch vorhandene Motivation unter den Mitarbeitern vollends zu untergraben. Ich sagte ihm auch, dass es das Beste gewesen wäre, wenn die Geschäftsleitung die Studenten schon viel früher über den Stand der Dinge informiert hätte. Wir hatten ihn bereits im letzten *Staff Meeting* darum gebeten, die Studenten über die schwierige Lage am HIT aufzuklären. Zum Schluss sagte er, ich solle aufpassen, von wem ich mich instrumentalisieren lasse, womit er *Sie* meinte.«

***

»Ich kann das nicht länger mitmachen«, sagte Arthur zu Brigitte an diesem Abend.

Sie versuchte, ihn zu beruhigen, indem sie an seine Vernunft appellierte. Die habe ihn in seiner Beratertätigkeit noch nie im Stich gelassen. Klares Denken sei jetzt angesagt. Leute wie Sedlmeier seien es nicht wert, dass man sie sogar während des Abendessens zum Thema mache. »Dein Bruno ist nur ein kleiner Schleimscheißer, der sich selbst wichtig nimmt. Lass dich doch von diesem Narzissten nicht fertigmachen.«

»Bruno ist nicht das einzige Übel. Wie soll ich denn bei dieser Schweinerei hier noch weiterarbeiten?«

»Indem du dich in das Management dieser Anstalt nicht einmischt. Lass deine Finger von denen. Du kannst gegen diese Leute sowieso nichts ausrichten.«

»Aber ich kann das nicht einfach ignorieren. Assmann will, dass ich mit meinen Studenten mit Bauklötzchen spiele, weil Lernen Spaß machen soll, Sedlmeier würde den Frauen am liebsten ein Miniröckchen verpassen, um in den Genuss ihres Hinterteils zu kommen, und Häberle möchte, dass ich an seinem Wüstencollege verfeindete Stammeskrieger in Managementtheorie unterrichte. Soll ich vielleicht Lerngruppen mit Sunniten, Maroniten, Schiiten, Drusen, Juden, Christen und was weiß ich für Leute zusammenstellen, um ihnen die Vorteile von Team Diversity beizubringen?«

Brigitte lachte. »Reg dich nicht auf, diesen Zirkus kann man doch nicht ernst nehmen.«

»Doch, das muss man sehr wohl ernst nehmen. So wie Sedlmeier sich aufspielt, diese Schandtaten, das ist kriminell. Erzähl das mal deinen Kolleginnen, ob die sich das bieten lassen würden.«

»Totlachen würden die sich. Sie würden sagen, endlich mal was Lustiges aus der Welt der Wissenschaft.«

»Dann schick doch mal die Karin zu uns. Ich würde sie Sedlmeier vorstellen. Ich bin gespannt, was er zu ihr sagen würde, wenn sie mit ihrem steifen Kragen vor ihm steht.« Karin war eine von Brigittes Kolleginnen, die am Arbeitsplatz immer in einem grauen Hosenanzug und bis zum Kinn zugeknöpft erschien. »Ich kann sie jetzt schon schreien hören, wenn er ihr, der lieben Freiheit und Demokratie wegen, die Erlaubnis erteilt, ihre Bluse aufzuknöpfen, wenn ihr zu heiß ist.«

»Ach Arthur, du solltest dich hören«, sagte Brigitte. »Kein Wunder, dass dir der Schädel brummt. Du nimmst das alles viel zu schwer.«

»Wie soll ich's denn sonst nehmen? Als Vorlage für den Komödienstadel vielleicht?«

»Zum Beispiel, ja.« Sie legte den Arm um ihn.

»Oder soll ich mir Assmann und Sedlmeier als Hannes und der Bürgermeister vorstellen, die beide so gaga sind, dass man sie in die Irrenanstalt verlegen will?« Arthur war jetzt richtig wütend, auch auf Brigitte, die sich bemühte, sein Leiden kleinzureden? Sie hatte doch auch die Protokolle gelesen und gesehen, was für ein

Wunderwerk an Augenwischerei diese Anstalt war. »Die Sekretärinnen ziehen den Rocksaum nach unten, wenn Sedlmeier an ihre Tür klopft, meine Kollegen gehen ins Innere Exil, wenn Assmann das Gebäude betritt, und wenn Häberle seine nächste Rede hält, wird sogar der dümmste Student einen hysterischen Lachanfall bekommen. Wenn diese Anstalt endgültig den Geist aufgibt, wird Assmann eine prächtige Abfindung erhalten und dann genauso schnell verschwinden, wie er gekommen ist. Und Sedlmeier werden sie eine Empfehlung für seine nächste Stelle geben, wo er weiter sein Unwesen treiben kann. Ein Schwein bleibt ein Schwein.«

»Genau, und deshalb wird am Ende auch er geschlachtet, wie alle Schweine. Und irgendwann wirst du ihn vergessen haben.«

»Und wenn er mir irgendwo wieder über den Weg läuft? Hegel hat gesagt, dass alle großen Ereignisse sich zweimal im Leben ereignen.«

»Und Marx hat gesagt, dass das erste Mal eine Tragödie ist, und das zweite Mal eine Farce. Schlag dir das HIT Drama aus dem Kopf und betrachte das Ganze einfach als Farce.«

Eigentlich bin ich selbst eine Farce, dachte Arthur, eine gigantische Farce. Er musste auf eine ganze spezielle Art taub gewesen sein, als er sich von Horowitz' Rhetorikkünsten hatte täuschen lassen und das Angebot einer Gastprofessur annahm. Soll Horowitz sich doch in Lappland Frostbeulen holen! Aber dass er, ein Unternehmensberater, der von seiner Menschenkenntnis lebt, diesen lüsternen Sedlmeier anfangs so völlig falsch eingeschätzt hatte, war etwas, das er nie wird vergessen können. Er hatte sich für einen Mann eingesetzt, dem Muttis Schoßhündchenliebe narzisstische Bedürfnisse so erfolgreich eingetrichtert hatte, dass er nicht die geringsten Skrupel hatte, eine Sekretärin aufzufordern, mehr von ihren Beinen zu zeigen. Der Kerl gehört in eine Zwangsjacke, mit den Armen *hinter* dem Rücken gekreuzt. Dass er ihm beim Abendessen damals anfangs sogar leidgetan hatte, wurmte ihn am meisten. Im ersten Akt seiner Theateraufführung war Sedlmeier vor lauter Selbstmitleid zusammengebrochen, und im zweiten Akt war er über seine Frau wie ein Irrer hergezogen, weil sie keine Nachricht für ihn an den Kühlschrank geklebt hatte. Jeder halbwegs vernünftige Mensch hätte Sedlmeier schon nach dem ersten Akt zum Teufel gejagt.

»Ich muss weg von hier«, sagte er zu Brigitte. Vielleicht könnten sie sich überlegen, für einige Zeit in einem anderen Land zu wohnen, in Australien oder in Neuseeland, im Land der glücklichen Pioniere, wie man überall lesen könne. Halb zum Spaß sagte er, er würde bis nach Tasmanien gehen, wenn dies das einzige Land auf der Welt sein sollte, in dem er sich von diesem Schock erholen könne.

In ein anderes Land verschwinden würde seine Wut nicht wegblasen, sagte Brigitte. »Hier sind es Kopfschmerzen, woanders hast du Verdauungsstörungen, und wenn du in zehn Jahren hörst, dass dein Bruno immer noch frei herumläuft, wirst du keinen Löffel mehr ruhig halten können. Reiß dich zusammen und hör auf zu jammern. Das sind Idioten, und gegen Idioten kann man nichts ausrichten.«

Arthur hielt sich für einen rational denkenden Mensch, dennoch ließ er es zu, dass eine Ratte wie Sedlmeier und ein Faschist wie Assmann ihm heftige Kopfschmerzen bereitete, sobald ihr Name fiel. Warum tue ich mir das an?, fragte er sich. Seit einer Woche wird mir kotzübel, wenn ich das Gebäude betrete, und neulich wurde mir schon schlecht, als ich in den Parkplatz einfuhr. Wenn das so weitergeht, werde ich im Auto einen Eimer mitnehmen müssen.

Er war es satt, jeden Tag auf eine weitere Vorladung von Assmann zu warten, nur um sich von ihm herunterputzen zu lassen, weil er ihm das »Dienen« verweigerte. Er hatte auch kein besonderes Verlangen, Sedlmeier über den Weg zu laufen und sich überlegen zu müssen, ob er ihn anbrüllen oder ihm ins Schienbein treten solle. Brigitte hatte recht. In seiner Position als Gastprofessor würde er gegen diese Leute nichts ausrichten können. Und auch die Flucht in die entfernteste Ecke auf diesem Planeten wäre keine Garantie für das Vergessen. Er würde sich an Assmann und Sedlmeier noch lange erinnern, zumindest so lange, bis ihm jemand sagen würde, dass man den einen irgendwo in der Äußeren Mongolei in einem Erdloch gefunden hat, mit einer Kugel im Kopf, und dass man den anderen in einer Irrenanstalt gesichtet hat, wo er zum Frühstück blaue Pillen schluckt und nachmittags Papierfiguren ausschneidet. Er wünschte beiden ein möglichst schmerzhaftes Ende, denn zu einer Lebensbeichte der Art, wie Clamans sie in Camus' Roman ablegt, wird es bei ihnen nie kommen. Dafür waren sie charakterlich viel zu verdorben.

Was macht ein Mensch, dem die Ungerechtigkeit derart zusetzt, dass ihm schon beim Hören der Namen Assmann und Sedlmeier schlecht wird? Arthur fragte sich, wie Kafka sich in dieser Situation wohl verhalten hätte. Nach Palästina auswandern und in Haifa eine Schreiberlingkolonie gründen? Und Camus, der wie die Protagonisten in seinen Geschichten den Qualen der modernen Gesellschaft nicht entrinnen kann, was würde er tun? Sich in die Anden verdrücken und jeden Tag einen anderen Felsbrocken den Berg hinaufrollen, in vollem Glück, versteht sich? Nachdem Brigitte ins Bett gegangen war, nahm er Kafkas Roman »Der Verschollene« aus seinem Bücherregal und begann noch im Stehen das Kapitel »Das Naturtheater von Oklahoma« zu lesen. Schon auf der ersten Seite fand Arthur Sätze, die seine eigene Gemütsverfassung wiedergaben. »Für Karl stand aber doch in dem Plakat eine große Verlockung. ›Jeder war willkommen‹, hieß es. Jeder, also auch Karl. Alles, was er bisher getan hatte, war vergessen, niemand wollte ihm daraus einen Vorwurf machen. Er durfte sich zu einer Arbeit melden, die keine Schande war, zu der man vielmehr öffentlich einladen konnte! Und ebenso öffentlich wurde das Versprechen gegeben, dass man auch ihn annehmen würde. Er verlangte nichts Besseres, er wollte endlich den Anfang einer anständigen Laufbahn finden …«

Arthur setzte sich auf die Couch und las weiter. Kafkas verschollener Held war den kriminellen Machenschaften in seiner Heimat entronnen. In Amerika würde er von einer freien Welt träumen können, eine Welt, in der das Glück nicht im Geldbesitz liegt, sondern im Glück, sich willkommen zu fühlen. Die Möglichkeit des Scheiterns in der Fremde besteht natürlich immer, dachte Arthur, aber auch die Möglichkeit, Erfolg zu haben. Er hatte jetzt Camus' Sisyphos vor sich, der sich als autonomes Individuum begreift und sich eigene Sinnvorstellungen setzt, durch die jeder Schritt, den er macht, für ihn an Wert gewinnt. Ich verachte diese Leute, ihre Herrschsucht und ihre Eitelkeit, sagte sich Arthur. Und es ist mein Recht, sie zu verachten. Aber dass ich es zulasse, so zu leiden, dass ich mich schon beim Gedanken an sie kotzelend fühle, ist absurd. So kann es nicht weitergehen, ich muss eine Entscheidung treffen.

Er schlug das Buch zu, und in diesem Moment traf er eine Entscheidung. Er fasste einen Entschluss, der seine Selbstachtung retten würde. Morgen früh um neun würde er sein Büro räumen, und um zwölf würde er sein Kündigungsschreiben Kommandant Assmann unter die Tür schieben. Er würde kein Blatt vor den Mund nehmen, er würde gegen alle Stilregeln eines verantwortungsbewussten Abgangs verstoßen. »Ich verachte Ihr Verhalten, und ich habe auch vor Ihnen als Person keinen Respekt«, würde er schreiben. »Sie verstehen von Menschenführung weniger als nichts. Ich will nicht nach Ihren Maßstäben arbeiten, ich werde mich Ihnen und Ihren

Terrormethoden nicht unterwerfen.« Das würde er schreiben. Seine Worte würden hart sein. Er würde sie so wählen, dass Assmann sieht, wie groß seine Abscheu vor ihm schon von Anfang an war. Seinem Henkersknecht Sedlmeier würde er in diesem Schreiben ebenfalls ein paar saftige Zeilen widmen. Und Häberle würde er eine Kopie dieses Schreibens per E-Mail zukommen lassen, ohne Kommentar.

Am Nachmittag würde er von den Protokollen der zwei Sitzungen des Verwaltungsrats, die er in seinem Keller zu Hause in einer Schachtel zwischen alte Fotoalben gestopft hatte, jeweils drei Kopien anfertigen lassen. Dann würde er zur Post gehen und diese Kopien an drei Zeitungen schicken: die Badische Zeitung, die Süddeutsche Zeitung und das Schwäbische Tagblatt Er weiß, das wird seinen Untergang einläuten, aber sein Selbstrespekt wird nicht untergehen. Es geht um seine Würde. Er will Gerechtigkeit spüren, und dafür muss er selbst sorgen.

Das war sein Entschluss, und plötzlich fühlte er sich glücklich. »Sein Schicksal gehört ihm. Sein Fels ist seine Sache«, hatte Camus geschrieben, und so sah Arthur es jetzt auch, als er zu Brigitte ins Bett kroch und den Arm um sie legte.

Anmerkung für den Leser

Die tragikomisch anmutende Spätzlesuni ist ein Werk der Fiktion, auch wenn einige der hier geschilderten Ereignisse solchen an tatsächlich existierenden Hochschulen sicherlich sehr ähneln. Hochschulen des Spätzletyps – real und fiktiv – sind natürlich auch außerhalb Schwabens zu finden, auch wenn manch Gelehrter behauptet, die schwäbische Mentalität sei ein besonders fruchtbarer Nährboden für Hybris im Management von Unternehmen und Hochschulen. Wer etwas über die Machenschaften an renommierten Universitäten wie zum Beispiel Yale oder Harvard lernen will, mag in John Kenneth Galbraiths Satire *A Tenured Professor* spannendes Material finden. Befremdliche Vorkommnisse an einer deutschen staatlichen Universität werden von Dietrich Schwanitz in der Persiflage *Der Campus* besprochen. Dass Fakultäten in vielerlei Hinsicht den in der britischen Comedy-Serie *Fawlty Towers* dargestellten Inszenierungen menschlichen Fehlverhaltens ähneln, kann in David Lodges Campusromanen nachgelesen werden.

Zeitfracht Medien GmbH
Ferdinand-Jühlke-Straße 7
99095 Erfurt, Deutschland
produktsicherheit@kolibri360.de